태제 판타지 장편 소설

FANTASY FRONTIER SPIRIT

태왕기

현왕전

泰王記
賢王傳

태왕기 현왕전 2

태제 판타지 장편 소설

초판 1쇄 찍은 날 § 2014년 2월 24일
초판 1쇄 펴낸 날 § 2014년 3월 3일

지은이 § 태제
펴낸이 § 서경석

편집부장 § 권태완
편집책임 § 박은정

펴낸곳 § 도서출판 청어람
등록번호 § 제1081-1-89호
등록일자 § 1999. 5. 31
어람번호 § 제1-1797호

주소 § 경기도 부천시 원미구 심곡2동 163-2 서경B/D 3F (우) 420-822
전화 § 032-656-4452 팩스 § 032-656-4453
http://www.chungeoram.com
E-mail § chungeorambook@daum.net

ISBN 979-11-5681-911-0 04810
ISBN 979-11-5681-909-7 (세트)

②

노예를 얻다

태제 판타지 장편 소설
FANTASY FRONTIER SPIRIT

태왕기
현왕전

泰王記
賢王傳

태왕기
현왕전

泰王記
賢王傳

CONTENTS

10장

노예 쟁탈전 Part 1

泰王記
賢王傳

1

"왕자님, 대체 어디에 계셨던 겁니까?"

칼릭스가 나타나기가 무섭게 아놀드의 이마에 핏발이 섰다. 어지간해서는 이해하려 했지만 거듭되는 칼릭스의 돌발 행동은 도저히 참고 넘어가 줄 수가 없었다.

그러나 칼릭스도 지금은 아놀드의 무례를 너그럽게 받아 줄 기분이 아니었다.

"지금 그건 무슨 소리지? 날 두고 제멋대로 자리를 비운 건 그대들일 텐데?"

칼릭스가 보란 듯이 눈매를 굳혔다. 그 순간 아놀드는 물론이고 샤이렌도 흠칫 몸을 떨어야 했다.

"와, 왕자님, 이해하십시오. 아놀드 경이 왕자님을 지나치게 걱정한 나머지 감정이 격해졌던 것 같습니다."

샤이렌이 냉큼 나서서 상황을 수습했다. 그렇다고 이 문제가 커져서 카일로 백작의 귀에까지 들어가도록 놔둘 수는 없었다.

"죄, 죄송합니다, 왕자님."

아놀드도 마지못해 고개를 숙였다. 따지고 보면 할 말은 많았지만 자신과 샤이렌이 먼저 칼릭스의 곁을 떠난 건 부정할 수 없는 사실이었다.

"됐으니까 아사드 상단으로 안내해."

칼릭스가 퉁명스럽게 말했다. 뒤이어 굳게 입을 다문 표정은 아놀드의 무례를 쉽게 용서해 주지 않을 것 같았다.

"알겠습니다, 왕자님."

샤일렌은 군소리 없이 앞으로 나섰다. 칼릭스가 무슨 이유로 아사드 상단에 가자는 것인지는 몰라도 그의 화를 풀어주기 위해서는 비위를 맞춰 줘야 할 것 같았다.

아사드 노예 상단은 지하 무투장과 멀지 않은 곳에 있었다. 하지만 찾아가는 건 쉽지 않았다.

워낙에 마르쿰의 지리가 복잡하다 보니 샤일렌의 안내가 없었다면 한참을 헤맸을 것이다.

"그런데 왕자님. 아사드 상단은 왜 가려고 하시는지요?"

아사드 노예 상단의 입구에 도착하고서야 샤일렌이 조심스럽게 물었다. 그러자 칼릭스가 당연한 것을 묻는다는 듯 이맛살을 찌푸렸다.

"노예 상단에 노예를 사러 왔지 뭘 하러 왔겠어?"

"그, 그러시겠지요. 하지만 이곳에는 호위 노예가 없습니다."

샤이렌이 조심스럽게 대답했다. 칼릭스는 분명 잘 싸우는 호위 노예가 필요하다고 말했다.

하지만 아사드 노예 상단은 일반적인 노예 상단들과 달리 오직 성노예만을 취급하는 곳이었다.

그것도 제대로 교육조차 하지 않은 이종족 노예가 대부분이었다. 이런 곳에서 칼릭스에게 맞는 노예를 구하기란 쉽지 않았다.

하지만 칼릭스는 망설이지 않고 아사드 노예 상단으로 들어갔다. 그리고는 자신을 맞이하는 상인에게 곧장 용건을 말했다.

"특별 경매에 참가하려고 하는데."

"특별…… 경매 말씀이십니까?"

상인이 어색하게 입가를 비틀어 올렸다.

귀족이라곤 하지만 누가 봐도 아직 성년조차 지나지 않았을 것 같은 소년이 특별 경매에 들어가겠다니.

이건 코흘리개 어린아이가 사교 파티에 참석하겠다고 떼를 쓰는 것과 다를 바 없었다.

특별 경매는 특별한 손님들을 위해 특별히 준비된 경매였다. 그리고 특별한 손님의 조건은 단순히 귀족이라는 신분만이 아니었다.

그보다는 특별 경매를 감당할 수 있는 재력이나 특별 경매의 내용을 함부로 누설하지 않을 거란 무거운 입이 더 필요했다.

그러나 후하게 봐 줘도 소년이 그 정도 되는 재력을 가지고 있을 것 같지는 않았다.

게다가 마지못해 들여보내 줬는데 괜히 특별 경매에 관해밖으로 떠들고 다녔다간 아사드 상단은 물론이고 특별 경매에 참여한 다른 참가자들까지 곤란해질 수 있었다.

"공자님, 특별 경매는 오늘 없습니다. 그러니 다른 경매에 참여하시는 건 어떠십니까?"

상인이 정중히 고개를 숙이며 말했다. 어디서 특별 경매에 대해 들었는지는 모르겠지만 그렇다고 소년을 들여보낼 수는 없을 것 같았다.

하지만 칼릭스도 아무 대책 없이 특별 경매를 입에 올린 게 아니었다.

"시끄럽고 빨리 안내해."

칼릭스가 품속에서 마르쿰의 금화를 꺼냈다. 그 순간 상인의 표정이 딱딱하게 굳어졌다.

'제길.'

마르쿰의 금화는 단순히 노예를 구매할 수 있는 것만이 아니었다.

마르쿰의 금화를 소지했다는 건 카일로 백작의 귀한 손님이라는 의미나 마찬가지였다.

다시 말해 그 신분을 카일로 백작이 보증한다는 의미였다. 그렇다 보니 감히 칼릭스의 요구를 거절할 수가 없었다.

"알겠습니다. 저를 따라오시지요."

상인이 어쩔 수 없다는 듯 몸을 돌려 안쪽으로 들어갔다. 그를 따라 칼릭스도 분주하게 걸음을 놀렸다.

"뭐, 뭐가 어떻게 된 거요? 왕자가 들어가지 않소!"

그 모습을 지켜보고 있던 아놀드는 당혹감을 감추지 못했다. 샤이렌의 말만 믿고 맘 편히 기다리고 있었는데 또다시 칼릭스를 놓쳐 버리고 말았다.

당황한 건 샤이렌도 마찬가지였다.

"대, 대체……."

너무 놀란 나머지 말조차 잇지 못했다.

아사드 상단이 입구에 항시 상인을 세워 놓는 건 멋모르고 접근하는 이들의 출입을 막기 위해서였다.

그래서 샤이렌은 칼릭스가 아사드 상단의 실체를 알고 금세 되돌아올 것이라 여겼다. 설마하니 이대로 상인을 따라 들어가 버릴 줄은 미처 생각지도 못했다.

"제길!"

아놀드가 짜증을 내며 다급히 상단 안으로 뛰어 들어갔다. 가뜩이나 호위가 마음에 들지 않는다는 소릴 들었는데 계속해서 같은 실수를 반복할 수는 없는 노릇이었다.

'설마 왕자는 성노예를 하녀쯤으로 생각하는 것인가?'

샤이렌도 복잡해진 얼굴로 아놀드의 뒤를 따랐다. 그렇다고 고작 열한 살밖에 되지 않은 타국의 왕족이 여자에 미쳤다고 생각하고 싶지는 않았다.

2

"다녀왔습니다, 레테어님."

은밀히 칼릭스 일행의 뒤를 밟던 집사 사울이 방 안으로 들어왔다.

그때까지 호위 기사 바인트의 정강이를 걷어차며 고래고래 악을 질러대던 레테어가 언제 그랬냐는 듯 의자에 앉으며 도도하게 턱을 들어 올렸다.

"아사드 상단입니다."

레테어의 시선을 받은 사울이 고개를 숙였다. 그러자 레테어의 눈매가 딱딱하게 굳어졌다.

"정말이야?"

"아사드 상단 안으로 들어가는 것까지 확인하고 오는 길입니다."

"정말로 안에 들어갔단 말이지?"

"상인이 직접 왕자를 안내했습니다."

"하……!"

레테어의 입에서 절로 헛웃음이 터져 나왔다.

자신보다도 한두 살은 어려 보이던 라인하르트의 왕자가 성노예를 구하기 위해 아사드 상단에 갔다니. 자신도 모르게 실망감이 치밀었다.

"거 보십시오. 제가 뭐라고 했습니까? 그놈, 라일스와 한패거리라니까요."

레테어의 표정이 굳어지자 바인트가 기다렸다는 듯이 소리쳤다. 하는 짓은 더없이 아둔했지만 레테어가 칼릭스 때문에 화가 났다는 사실을 금세 눈치챈 것이다.

그러나 레테어가 진짜로 기분 나쁜 이유는 그런 게 아니었다.

"시끄러! 내가 닥치고 있으라고 했지!"

레테어의 날카로운 시선이 단숨에 바인트에게 날아들었다.

"다, 닥치고 있겠습니다."

바인트는 다급히 입을 다물었다. 폭발 직전의 레테어를 잘못 건드렸다간 뒷수습이 불가능해진다는 걸 본능적으로 감지한 것이다.

"대체 뭐야? 날 만나자마자 곧장 아사드 상단으로 달려간 이유가 뭐냔 말야!"

레테어가 빽 하고 소리를 내질렀다. 하이델베르크 공작가의 꽃이라 불리는 자신을 보고도 반하기는커녕 성노예를 사러 갔다니. 마치 대놓고 모욕을 당한 기분이었다.

실제로 레테어의 외모는 제국에서도 인정을 받을 만큼 아름다웠다.

아직 성년이 되지 못한 탓에 공식적으로 혼사가 진행된 게 없을 뿐이지 황실은 물론이고 주변 귀족들로부터 구애가 끊이지 않는 상황이었다.

그럼에도 레테어는 자신이 좋다는 수많은 이를 뿌리친 채 에르비스로 왔다. 점술 하나는 기가 막히게 본다는 카산드라라는 점술사에게 미래의 남편을 묻기 위해서였다.

"공녀님의 운명의 상대는 머잖아 지하 무투장에서 만나게 되실 겁니다."

레테어가 두둑이 사례를 하자 카산드라는 직접적인 장소 까지 언급하며 미래를 알려주었다.

그날 이후 레테어는 지하 무투장에서 살다시피 했다. 그리 고 오늘 그 운명의 상대일지 모를 제법 괜찮게 생긴 소년을 만났다.

칼릭스가 라인하르트 왕국의 왕족이라는 사실을 알았지만 레테어는 자신의 신분을 내색하지 않았다.

하이델베르크 공작이 애지중지하는, 황실의 황녀들과 비 교 해봐도 손색이 없을 만큼 아름답다는 건 여러모로 부담스 러운 조건이었다.

운명의 상대가 대단한 집안에서 태어났다면 모르겠지만 그렇지 않다면 감히 시도조차 하지 못할 정도였다.

레테어는 칼릭스가 하이델베르크 공작가에 대한 선입견이 나 부담을 갖지 않길 바랐다.

다행이도 칼릭스는 무엇이든 들어주겠다는 보상의 조건으 로 고작 정보를 요구하면서 레테어의 기대를 충족시켰다.

그래서 레테어는 어쩌면 카산드라가 말한 운명의 상대가 칼릭스일지 모른다고 내심 기대하고 있었다.

평소보다 더욱 호되게 바인트를 혼낸 것도 미래의 남편에 게 무례를 범했다는 이유 때문이었다.

그런데 아사드 상단이라니.

정말이지 최악이었다.

하지만 사울의 생각은 달랐다. 지하 무투장의 정보를 요구한 칼릭스가 아무 이유도 없이 아사드 상단으로 갔을 리는 없을 거라 여겼다.

"레테어님, 너무 부정적으로만 생각하실 필요는 없을 것 같습니다."

"부정적으로 생각하지 말라니? 그게 무슨 소리야?"

"왕자님은 분명 이곳의 정보를 확인하고는 서둘러 밖으로 나가셨습니다. 그리고 아사드 상단으로 들어가셨지요. 그렇다면 그 정보 속에 답이 있지 않겠습니까?"

"이 안에…… 답이 있다고?"

레테어의 시선이 자연스럽게 손에 들고 있던 책자로 향했다.

바인트를 때릴 만한 도구가 없어서 책자를 돌돌 말아 무기로 사용했는데 이게 그런 가치가 있을 줄은 미처 몰랐다는 얼굴이었다.

하지만 레테어는 차마 책자를 펼치지 못했다. 아니, 펼칠 수가 없었다. 무식하게 힘이 센 바인트를 때리는 과정에서 책자가 너덜너덜해진 것이다.

"이게 다 너 때문이야!"

결국 폭발해 버린 레테어가 바인트를 향해 책자를 내던졌다. 그러자 책자의 뭉개진 귀퉁이가 그대로 바인트의 이마에 꽂혀 버렸다.

"컥!"

바인트가 호들갑스럽게 뒤로 넘어갔다. 하지만 레테어의 분노는 끝나지 않았다. 오히려 기다렸다는 듯이 구둣발로 바인트의 정강이를 있는 힘껏 걷어찼다.

"으억!"

바인트의 입에서 자지러지는 비명이 흘러나왔다. 그 모습을 지켜보던 사울이 다급히 품 안으로 손을 집어넣었다.

혹시라도 이런 일이 있을 것을 대비해 사울은 책자를 두 개 만들어 가지고 왔다. 책자 때문이라면 레테어가 저렇게 광분할 이유는 없었다.

그러나 바인트는 차마 그 사실을 밝힐 수가 없었다. 이 상황에서 괜히 입을 잘못 놀렸다간 레테어는 물론이고 바인트에게까지 미움을 사게 될 것 같았다.

3

특별 경매장은 아사드 상단이 매입한 건물 지하에 마련되어 있었다.

"제길."

칼릭스의 뒤에 바짝 붙어 움직이던 아놀드가 자신도 모르게 이맛살을 찌푸렸다.

환기가 제대로 되지 않아서인지 지하의 공기가 지나치게 탁했다. 늘 정순한 마나를 호흡하며 검술을 닦아 온 그에게는 결코 달갑지 않은 환경이었다.

샤일렌도 답답함을 참지 못하고 소매 끝으로 입을 틀어막았다. 그리고는 걱정스러운 얼굴로 칼릭스를 바라봤다.

하지만 정작 칼릭스는 눈 하나 까딱하지 않았다. 이 정도 탁기쯤은 얼마든지 참을 수 있다는 듯 자신보다 더 어른스럽게 굴었다.

그러나 그건 어디까지나 샤일렌의 생각일 뿐이었다. 칼릭스 일행이 나타나기가 무섭게 먼저 모여 있던 참가자들의 표정이 딱딱하게 굳어졌다.

"저건 또 뭐야?"

"허……. 저 꼬마도 특별 경매에 참가하려고 온 거야?"

참가자들의 입에서 절로 불만이 터져 나왔다. 아무리 그래도 그렇지 성년조차 되지 않은 소년을 특별 경매장에 들이다니. 이래서야 제대로 된 경매를 즐길 수가 없었다.

특별 경매장이 지하에서 선택받은 참가자들만 모아 놓고 은밀하게 진행되는 이유는 간단했다. 경매 방식이 다른 노예 상단과는 다르기 때문이었다.

아사드 노예 상단은 오로지 성노예만을 취급했다. 특별 경매는 그중에서도 최상급 성노예만이 경매를 통해 판매되는 곳이었다.

최상급 성노예는 단순히 종족과 나이, 외모만 가지고 판별하지 않았다. 구매자, 즉 주인이 될 자의 성적인 만족감을 얼마나 충족시킬 수 있느냐가 가장 중요했다.

그래서 아사드 상단에서는 성노예들에 대한 교육을 일체 하지 않았다.

직접적인 교육은 구매자들에게 맡기고 오로지 상품화에만 신경을 썼다.

판매 전 상단 교육을 통해 이종족으로서의 인성을 말살시키고 순종적이고 수동적인 노예를 만들어봐야 구매자들의 입맛을 만족시키지 못한다는 걸 잘 알고 있기 때문이다.

물론 본성이 살아 있는 노예가 무조건 좋은 것만은 아니었다.

교육받지 않은 노예의 경우 자살 확률이 높았다. 판매 후 비전문적인 교육 과정에서 죽거나 다칠 가능성도 적지 않았다.

그럼에도 백여 명에 가까운 참가자가 특별 경매장에 몰린 건 그만큼 색다른 성노예를 원해서였다.

특별 경매를 통해 비싼 돈을 주고 구입한 성노예가 갑자기

죽어버리더라도 다른 상단에서 거래되는 반쯤 정신이 나간 성노예보다 낫다고 여기는 것이다.

그만큼 특별 경매장을 찾은 참가자들은 나름의 우쭐함을 가지고 있었다.

특별한 성노예를 찾는다는 건 그 방면으로 상당한 경험과 지식을 가지고 있다는 의미다.

당연히 칼릭스 같은 소년을 동류이자 경쟁자로 받아들일 리 없었다.

"미쳤어? 대체 누굴 받은 거야?"

특별 경매를 직접 진행하는 상단주 오르만도 이맛살을 찌푸렸다.

처음에는 어떤 정신 나간 참가자가 칼릭스를 데려온 것이라 여겨졌는데 그게 아니었다. 떡 하니 자리를 차지하고 앉아 있는 게 직접 경매에 참여라도 할 기세였다.

그러자 상인, 조르딘이 고개를 숙이며 답했다.

"그게…… 저 공자가 마르쿰의 금화를 가지고 있었습니다."

"뭐? 마르쿰의 금화? 그게 사실이야?"

"그렇습니다. 그래서 어쩔 수 없이 이리로 모셨습니다."

"흠……. 그래?"

순간 칼릭스를 바라보는 오르만의 눈빛이 달라졌다. 다른 참가자들에게는 미안한 이야기지만 마르쿰의 금화를 소지하고 있다면 이야기는 다를 수밖에 없었다.

마르쿰의 금화가 있으면 마르쿰에서 유통되는 노예를 조건 없이 구매할 수 있다는 건 알 만한 사람은 다 아는 상식이었다.

그러나 그 마르쿰의 금화가 쌓이고 쌓여 100개가 되면 어떤 혜택이 주어지는지 아는 사람은 극히 드물었다.

마르쿰의 금화는 노예 상인들에게 절대적으로 불리한 제도였다. 장사란 본디 싸게 사서 잘 다듬어 비싸게 파는 게 기본인데 마르쿰의 금화는 그 상식을 파괴했다.

아무리 비싼 노예도 마르쿰의 금화로 살 수 있으며 그 대가로 에르비스에서 지불하는 건 지극히 평균적인 시세의 대금에 불과했다.

에르비스에서 장사를 하는 상인들은 에르비스의 법을 따라야 한다지만 이래서는 불만이 커질 수밖에 없었다.

실제로 에르비스 초대 총관이었던 로펜 백작이 무분별하게 마르쿰의 금화를 뿌리면서 한때 마르쿰의 경제가 바닥까지 떨어지는 일도 벌어졌다.

로펜 백작에 이어 총관에 오른 카일로 백작은 자유 영지인 에르비스의 경쟁력을 높이기 위해 각 상단주에게 파격적인 제안을 했다.

일정량의 에르비스 금화를 소유할 경우 그에 비례하는 혜택을 주겠다는 것이다.

마르쿰의 경우 금화 100개를 모으면 1년간 마르쿰 이용료가 면제된다.

200개가 되면 거래세(마르쿰 내 노예 거래 시 부가되는 세금)가 추가로 50퍼센트 할인되며 300개를 모으면 소득세(상단이나 상인의 총 소득에 대해 부과되는 세금)까지 30퍼센트 감해준다.

그리고 500개의 금화를 모으면 1년간 모든 세금을 면제해주거나 상단주의 소원 한 가지를 들어주게 된다.

자유 영지라는 명목 하에 에르비스처럼 다양한 종류의 세금을 뜯어 가는 곳은 대륙에 어디에도 없었다.

그렇다 보니 규모가 큰 상단들은 대부분 1년간 세금 면제를 바라고 500개의 금화를 모으는 경우가 많았다.

하지만 오르만은 달랐다. 그가 금화를 모으는 이유는 소원을 이루기 위해서다.

물론 그 소원이라는 게 상행위와 관련이 되어야 하며 에르비스에 해를 끼쳐서는 안 되고 실현 가능성이 있어야 한다는 조건이 붙긴 하지만 문제될 게 없었다.

이름과 얼굴을 바꾸고 마르쿰 내에서도 세 손가락 안에 꼽힐 만큼 전문적인 성노예 상단의 주인이 된 그에게도 평생의 소원이 한 가지 있었다.

바로 할아버지와 아버지를 죽이고 대대로 이어져 내려오던 상단을 훔쳐 간 원수에게 복수를 하는 것이다.

그렇다고 단순히 암살자들을 보내 원수의 목숨을 빼앗고 싶지는 않았다. 15년이란 시간이 지나며 늘어난 이자가 산더미처럼 쌓인 상황에서 원수의 목숨은 본전조차 되지 않았다.

오르만이 원하는 건 원수의 완전한 파멸이었다. 그것도 원수를 지금의 자리에까지 성장시킨 에르비스에 의해 바닥으로 떨어지는 것이었다.

오직 그 목적을 위해 지금껏 모아 온 금화는 자그마치 428개. 앞으로 72개만 더 모으면 오랜 소원을 이룰 수 있게 된다.

하지만 지난 1년여 간 아사드 상단에 들어온 마르쿰의 금화의 수는 고작 10개에 불과했다.

카일로 백작이 총관이 된 이후 마르쿰의 금화의 수요가 급격하게 줄어든 탓이다.

그렇다 보니 오르만은 감히 칼릭스를 내보낼 생각을 하지 못했다. 아니, 내보낼 수가 없었다.

솔직히 말해 경매를 통해 벌어들이는 금화보다 칼릭스 한 사람에게서 뜯어낼 수 있는 마르쿰의 금화가 더 소중했다.

게다가 마르쿰의 금화를 가지고 있는 건 칼릭스만이 아니었다.

'이거 잘하면 하루에 두 개를 벌어들이겠구나.'

오르만의 시선이 칼릭스를 지나 반대편으로 움직였다. 그곳에는 하반 왕국의 명문 귀족 리후라드 후작이 접대 노예들의 가슴을 주무르며 경매를 기다리고 있었다.

마르쿰에 마르쿰의 금화가 씨가 말라 버린 상황에서 한 번의 경매로 두 개의 금화를 얻을 수 있다면 이보다 더 좋은 장사는 없었다.

"좋아, 좋아."

오르만의 입가를 타고 절로 즐거움이 흘러나왔다. 덩달아 긴장했던 조르딘도 안도의 한숨을 내쉬었다.

그때였다.

"주인님, 상당수의 손님들이 저 손님을 내쫓길 원하는데 어찌할까요?"

관리인 하나가 호들갑스럽게 다가와 말했다. 실제 일부 귀족들은 오르만에게 항의라도 하듯 자리에서 일어나는 시늉까지 하고 있었다.

그러나 오르만은 눈 하나 까딱하지 않았다.

"가고 싶은 사람은 가라고 해라. 단, 규칙대로 참가금의 환불은 없다고 알려라."

오히려 장사를 그만두기라도 하겠다는 듯 강경하게 나왔다.

"하, 하지만 그랬다간……."

관리인은 당혹감을 감추지 못했다. 특별 경매의 참가자들 대부분 단골손님이나 마찬가지였다. 그들을 괄시했다간 특별 경매 자체가 휘청거리게 될 수 있었다.

하지만 오르만의 말은 아직 끝나지 않았다.

"대신 오늘 경매는 특별한 사정 때문에 어쩔 수 없이 일반 경매로 전환하고 그 대신 경매 참여금을 반으로 낮출 예정이 니 경매에 참여할 손님들에게는 너그럽게 이해해 달라고 전해라."

오르만은 그 어느 곳보다 경쟁이 치열한 마르쿰에서 15년 을 버틴 노련한 상인이었다.

손님들의 동요와 불만 너머에는 그에 따른 보상을 원하는 심리가 깔려 있다는 걸 모르지 않았다.

"알겠습니다."

관리인은 냉큼 달려가 참가자들에게 달라진 경매 규칙을 알려주었다.

그러자 반발하던 참가자들은 언제 그랬냐는 듯 자리에 앉 았다. 상황을 관망하던 참가자들도 그럴 줄 알았다며 고개를 끄덕였다.

오직 한 사람. 리후라드 후작을 제외하고 말이다.

11장

노예 쟁탈전 Part 2

泰王記
賢王傳

1

"일반 경매라니."

관리인의 말을 전해들은 리후라드 후작이 가볍게 미간을 찌푸렸다. 그 모습이 관리인의 눈에는 그저 갑작스런 경매 변경에 대한 못마땅함 정도로만 느껴졌다.

하지만 바로 옆자리에 앉은 코베룬은 숙부인 리후라드 후작의 속내를 눈치챘다.

외교 대신으로 살아온 탓에 어지간해서 싫은 내색을 보이지 않는 그가 불만을 드러냈다는 건 정말로 화가 났다는 의미나 마찬가지였다.

"숙부님, 진정하십시오."

코벤트가 냉큼 리후라드 후작을 달랬다. 리후라드 후작의 심정을 모르지는 않지만 그래도 상단주가 정중히 양해를 구한만큼 받아들일 수밖에 없었다.

"크흠."

그러나 리후라드 후작은 불쾌한 감정을 참지 못하고 콧등을 일그러뜨렸다.

이곳이 하반 왕국이었다면 당장에라도 상단주를 끌고 와 뺨을 후려쳤을 것이다.

비밀 경매라고 해서 불러모아놓고 이제 와 일반 경매로 전환하겠다는 건 귀족을 농락하는 것이나 다름없었다.

리후라드 후작이 오늘 특별 경매에 참여한 건 시간이 남아돌아서가 아니었다.

소문으로만 듣던 노골적이고 선정적인 특별 경매만의 노예 검증 시간을 즐기기 위해서였다.

하지만 일반 경매라면 노예 검증이 생략될 게 뻔했다. 그렇다면 더는 볼 것도, 기대할 것도 없었다.

"가자."

리후라드 후작이 신경질적으로 몸을 일으켜 세웠다. 대단할 게 없는 경매에서 시간을 허비할 만큼 그는 한가롭지 않았다.

"알겠습니다."

코베룬도 어쩔 수 없다는 듯 자리에서 일어났다. 그리고 짜증스럽게 건너편을 바라봤다.

그때였다.

"응? 저자는……."

칼릭스와 눈이 마주친 코베룬의 표정이 달라졌다.

성년이 되지 않은 참가자 때문에 경매 방식이 바뀌었다는 말을 듣긴 했지만 설마하니 그 주인공이 칼릭스일 줄은 미처 몰랐다는 얼굴이었다.

"왜 그러느냐?"

리후라드 후작의 시선이 코베룬을 따라 칼릭스에게 향했다. 그러더니 먹잇감을 발견한 맹수처럼 눈을 번뜩였다.

"숙부님, 아무래도 저자도 소문을 들은 모양입니다."

코베룬이 나직이 중얼거렸다.

오르만은 특별 경매의 참여자들 중에서도 일부에게만 최고의 이종족 노예가 준비되어 있음을 알렸다.

리후라드 후작도 오직 그 한마디만 믿고 아사드 상단에 발을 들인 것이었다.

그렇다 보니 칼릭스도 같은 속셈이라 여겼다. 특히나 칼릭스는 리후라드 후작이 첫눈에 군침을 흘릴 만큼 아름다운 이종족 노예를 데리고 있었다.

비록 겉모습이 어려 보이긴 하지만 그 정도 안목이라면 특별 경매에 참여할 자격은 충분했다.

"재미있겠구나."

리후라드 후작이 슬쩍 입가를 비틀어 올렸다. 그러더니 슬그머니 의자 위에 엉덩이를 붙이고 앉았다.

"어찌하실 생각이십니까?"

코베룬이 뒤따라 자리에 앉으며 물었다. 고집스러운 리후라드 후작이 마음을 바꿨다는 건 그만한 이유가 있다는 의미였다.

"마지막 경매를 차지할 생각이다."

리후라드 후작이 당연한 말을 내뱉었다.

모든 경매에서 최고의 상품은 가장 마지막에 등장한다. 그리고 경매에 참여하는 자는 하나같이 그 마지막 상품을 차지하기 위해 혈안이 되어 있었다.

그러나 리후라드 후작의 성격을 누구보다 잘 아는 코베룬은 그의 꿍꿍이를 파악하기 위해 부지런히 머리를 굴렸다.

'고작 어린 소년과 자존심 싸움을 하시려는 건 아닐 테고, 그렇다면……?'

그렇게 한참 동안 궁리하던 코베룬이 이내 눈을 번쩍 떴다.

바로 노예 맞교환.

리후라드 후작은 아직까지 소년이 데리고 있던 이종족 노예에게 미련을 버리지 못한 게 틀림없었다.

물론 마지막에 등장할 노예가 그 노예보다 더 낫다면 리후라드 후작도 생각이 달라질 것이다.

하지만 그렇지 않다면 경매를 통해 소년의 자존심을 상하게 만든 뒤에 특유의 화술로 어르고 달래어 노예를 맞교환하려는 모양이었다.

어차피 누가 나오던 마지막 경매는 리후라드 후작이 이길 수밖에 없었다.

어렵게 구한 마르쿰의 금화는 물론이고 특별 경매에 나올 노예들을 전부 사들일 수 있는 재화까지 넉넉하게 챙겨 왔으니 이변이 일어날 가능성조차 없어 보였다.

'역시…… 숙부님은 내가 존경할 만해.'

리후라드 후작을 향한 코베룬의 눈동자를 타고 깊은 존경심이 번져 들었다. 그러나 리후라드 후작은 그런 코베룬을 의식하지 못했다. 오르만이 중앙으로 모습을 드러냈기 때문이다.

"경매를 시작하려나 보구나."

오르만을 따라 눈을 움직이며 리후라드 후작이 나직이 중얼거렸다. 그런 리후라드 후작의 시선을 느낀 것일까.

"이렇게 저희 상단을 찾아주신 분들께 진심으로 감사의 말씀 전해 올립니다."

무미건조한 인사말을 내뱉던 오르만이 리후라드 후작 쪽을 향해 깊숙이 허리를 굽혔다.

　리후라드 후작도 답례하듯 가볍게 손을 들어 보였다. 바뀐 경매 방식에 대한 불만도 오르만의 극진한 인사에 상당히 풀어진 얼굴이었다.

　리후라드 후작의 표정을 확인한 뒤 오르만은 반대편으로 몸을 돌렸다. 그리고 칼릭스를 향해 정중히 허리를 숙였다.

　이후에도 오르만은 조금씩 몸을 돌려가며 특별 경매장을 둥그렇게 에워싼 참가자들에게 일일이 인사를 했다.

　일반 경매장도 아닌 특별 경매장인만큼 상단주가 직접 예를 갖추는 게 당연한 일이겠지만 사실 오르만의 인사법에는 특별한 의미가 숨어 있었다. 그리고 그 의미를 단골손님들은 놓치지 않았다.

　상당수 참가자의 시선이 리후라드 후작을 향했다가 다시 칼릭스에게 움직였다.

　오르만이 알 만한 사람은 다 아는 리후라드 후작에 이어 칼릭스에게 두 번째로 인사를 한 건 그만큼 대단하고 가치 있는 존재라는 뜻이었다.

　'어쩐지. 깐깐한 오르만이 경매 규칙까지 바꾼 이유가 있었군그래.'

　'저 둘과는 엮여 봐야 좋을 게 없겠어.'

참가자들은 묵묵히 고개를 끄덕이며 전략을 수정했다. 만에 하나라도 저 두 사람이 끼어든다면 경매를 포기할 생각이었다.

리후라드 후작이 참가자의 우열을 매기는 기준은 간단했다.

바로 구매력. 다시 말해 칼릭스가 리후라드 후작에 필적할만한 구매력을 갖췄다는 이야기였다.

그리고 대부분의 참가자는 리후라드 후작이 마르쿰의 금화를 가지고 특별 경매장에 들어왔다는 사실을 알고 있었다.

리후라드 후작이 워낙에 많은 상단을 돌아다니며 마르쿰의 금화를 내보인 탓에 모르는 게 이상할 정도였다.

'결국 저 소년도 마르쿰의 금화를 가지고 있을지 모른다는 거로군.'

'하긴. 요새 보기 드문 마르쿰의 금화라면 특별 경매에 참가하는 것도 이상할 건 없지.'

칼릭스를 예의주시하며 참가자들은 머릿속으로 빠르게 계산을 시작했다.

오늘 몇 명의 노예가 경매에 나올지 모르겠지만 최소한 후반부의 노예는 리후라드 후작이나 칼릭스에게 빼앗길 가능성이 높았다.

마르쿰의 금화와 경쟁할 수 있는 건 마르쿰의 금화뿐이었다. 마르쿰의 금화가 없다면 후반부의 노예는 포기하고 경매 초반부터 적극적으로 참여하는 편이 나았다.

게다가 특별 경매의 참여 방식은 일반 경매 방식과 달랐다. 노예를 낙찰 받던 그렇지 못하던 간에 경매에 참여한 돈은 다시 되돌려 받을 수가 없게 된다.

오르만이 특별 경매를 일반 경매 방식으로 전환됐다고 해서 특별 경매의 참여 방식까지 달라지지는 않을 터였다.

노예 검증이라는 눈요기 행사가 사라졌다고 해서 노예의 가치가 떨어질 리 없기 때문이다.

그래서일까.

"오늘 준비된 노예는 총 다섯 명입니다. 제 두 눈으로 직접 확인하고 전문가들의 감정까지 받은 최고의 노예들만 골랐으니 아마 충분히 만족하시리라 생각됩니다. 다만 관리인을 통해 말씀드렸듯 오늘은 부득이한 사정으로 인해 특별 경매가 아닌 일반 경매의 형태로 진행됨을 너그러이 이해해 주시길 부탁드립니다."

오르만의 말이 끝나고 첫 번째 성노예가 공개되기가 무섭게 참여자들은 하나같이 눈을 빛냈다.

본래 경매 후반으로 갈수록 노예의 가치가 높아지는 특성상 첫 번째 경매 노예는 대부분 가벼운 눈요깃감으로 여기는 경우가 많았다.

구매 의사를 표하는 참가자들은 처음으로 경매에 참여한 자이거나 노예 보는 눈이 없는 자들이 대부분이었다.

게다가 특별 경매에 참여했는데 일반 경매의 노예들보다 조금 나은 수준인 첫 번째 노예를 사겠다고 발버둥을 치는 것만큼 우스운 일도 없었다.

하지만 오늘은 달랐다.

"250골드."

17이라 새겨진 번호판을 들어 올리며 뚱뚱한 귀족이 참여금을 제시했다.

"17번, 250골드 나왔습니다."

오르만을 대신해 경매를 주관하는 총관리인이 묵직한 목소리로 소리쳤다. 그러자 반대편에 있던 빨간 머리카락의 귀족이 냉큼 번호판을 손에 쥐었다.

"300골드."

"214번, 260골드 나왔습니다."

"350골드."

"124번, 270골드 나왔습니다."

빠르게 치솟던 금액은 7번 귀족이 500골드를 부르면서부터 더욱 뜨거워졌다.

550, 600골드를 순식간에 돌파하더니 어느새 1,000골드에 근접한 가격까지 치솟았다.

"오늘따라 열기가 대단한 거 같습니다."

그 모습을 지켜보던 사울이 혀를 내둘렀다. 첫 번째로 등장한 노예는 숲의 엘프였다.

일반 엘프들과는 달리 피부가 창백한 청록빛을 띠어서 그렐프라 불리기도 하는 희귀 엘프였다.

강력한 진정 효과를 보이는 물약을 먹인 탓에 의자에 묶인 엘프 여인은 반쯤 넋이 나간 상태였다.

눈에는 제대로 초점조차 맺히지 않아 어딜 바라보고 있는지조차 알지 못할 정도였다.

하지만 그런 모습이 오히려 참가자들의 구매욕을 끓어오르게 만들었다.

첫 경매부터 그렐프가 나왔다는 건 최종 경매에는 그 이상의 어마어마한 물건이 준비되어 있다는 의미였지만 마르쿰의 금화가 등장한 이상 의미가 없었다.

그렇다 보니 마음에 드는 성노예를 놓치지 않겠다는 참가자들의 투지가 상당했다.

그렇게 오르고 오르던 첫 번째 성노예의 최종 판매 금액은 1,700골드로 결정되었다. 오르만이 최소 참여금을 절반으로 낮췄지만 실제 판매 가격은 예상을 훌쩍 뛰어 넘었다.

물론 그렐프를 일반 경매에 내놓았다면 그 이상의 판매 금액을 기대할 수 있었을 것이다.

평균적인 엘프 성노예의 판매 금액은 대략 2,000골드. 최상급의 그렐프임을 감안한다면 5,000골드를 호가할지도 몰랐다.

대륙에 존재하는 이종족 성노예의 상당수가 엘프 종족이었지만 엘프 성노예에 대한 수요는 여전했다. 그렇다 보니 엘프 성노예의 가치는 떨어지기는커녕 더 오르는 추세였다.

그러나 오르만은 경매 결과에 더없이 만족스러운 표정을 지어 보였다. 특별 경매만의 참여금 합산 때문이었다.

"다 해서 얼마지?"

오르만이 뒤쪽에서 열심히 돌을 움직이던 세무 관리인에게 물었다. 그러자 세무 관리인이 몇 번 눈을 깜빡이더니 어마어마한 금액을 중얼거렸다.

"32,310골드입니다."

마지막 4번 귀족이 제시한 최종 참여금은 1,700골드였다. 그러나 그 1,700골드가 나오기까지 수많은 귀족이 내놓은 참여금은 무려 3만 골드를 넘겨 버렸다.

일반 경매를 통해 돈 많고 보는 눈 없는 주인을 만난다 하더라도 기대할 수 있는 판매 금액은 1만 골드가 한계였다.

그걸 감안했을 때 첫 번째 경매 결과는 확실히 기대 이상이었다.

'역시, 저 소년을 참여시키길 잘했군그래.'

오르만의 시선이 자연스럽게 칼릭스에게 향했다. 참가자들이 칼릭스가 마르쿰의 금화를 가지고 있다는 사실을 눈치챈 게 확실해 보였다.

만에 하나 칼릭스와 리후라드 후작이 서로 다른 네 번째와 다섯 번째 경매 노예를 노린다면 특별 경매장에 모인 수백 명의 귀족은 세 명의 노예를 놓고 다툴 수밖에 없었다.

그렇다 보니 대부분의 참가자가 경매 초반부터 망설임을 내던진 분위기였다.

"그럼 잠시 쉬어가도록 하겠습니다."

첫 번째 경매가 끝나자 총관리인이 규칙대로 휴식을 선언했다.

경매에 참여한 귀족들은 자신의 남은 참여금을 계산하며 다음 경매에 대비했다. 경매에 참여하지 않은 귀족들도 누가 얼마의 금화를 썼는지를 떠올리며 경쟁자들을 경계했다.

그러는 사이 총관리인이 구매자인 4번 귀족에게 그렐프를 직접 데려다 주었다.

"흐흐. 고년 참 야들야들하게 생겼구나."

누가 봐도 여색을 밝힐 것처럼 생긴 귀족이 기다렸다는 듯이 엘프 여인의 허리를 낚아챘다.

그리고는 우락부락한 손으로 아직 정신을 차리지 못한 엘프의 가슴을 와락 움켜쥐었다.

그 모습을 지켜보고 있던 다른 귀족들의 입에서 부러움의 탄성이 흘러나왔다.

경매장 위에 놓여 있을 때는 한 푼이 아까웠는데 막상 남의 품에 안긴 모습을 보니 괜히 망설였다는 생각이 든 것이다.

그런 참가자들의 욕망은 곧바로 다음 경매에서 표출됐다.

두 번째로 등장한 노예는 검붉은 피부색이 인상적인 야수족 여인이었다. 그 피부색만큼이나 강렬하면서도 아찔한 이목구비는 참가자들의 시선을 단숨에 빼앗아버렸다.

특히나 흐트러진 옷매무새 때문에 더욱 부각되는 육감적인 몸매가 경쟁을 더욱 부추겼다.

"1,000골드!"

"46번, 1,000골드 나왔습니다."

"1,100골드!"

"70번, 1,100골드 나왔습니다."

"에잇! 1,500골드!"

"117번, 1,500골드 나왔습니다."

"2,000골드!"

"315번, 2,000골드 나왔습니다."

빠르게 치솟던 참여금은 3,000골드를 훌쩍 뛰어 넘더니 4,800골드에서 마무리가 됐다.

아사드 상단이 차지한 총 참여금은 무려 9만 골드. 자연스럽게 오르만의 입가를 타고 즐거운 웃음이 번져들었다.

'허, 이곳은 뭐지? 뭐가 이렇게 싼 거야?'

칼릭스의 뒤편에 서서 조용히 경매를 지켜보던 아놀드가 이해할 수 없다는 표정을 지었다.

비록 대부분의 시간을 기사단에서 보내고 있지만 들리는 소문이 많기 때문에 이종족들의 대략적인 가치는 잘 알고 있었다.

이번 경매에 나온 야수족 여인은 어림잡아도 8,000골드 이상은 받아야 했다.

야수족은 이종족 성노예들 중 가장 구하기가 어렵고 까다로웠다.

남녀를 불분하고 강력한 전투력을 지닌 야수족을 건드렸다가 오히려 역으로 당하는 경우가 빈번하기 때문이었다.

게다가 눈앞의 여인처럼 화려하게 생긴 야수족은 흔치 않았다. 성노예의 첫 번째 조건이 외모란 걸 감안하면 1만 골드 이상 받는다 해도 이상할 게 없었다.

그런데 최종 판매 금액이 4,800골드라니. 이건 필시 모종의 음모가 있는 게 틀림없었다.

'조금만 기다려라. 내 손으로 여길 쓸어버릴 테니.'

아놀드의 에르비스에 대한 애착은 둘째가라면 서러울 만큼 대단했다.

게다가 그는 파시단 기사단 소속이었다. 파시단 기사단은 에르비스의 규칙을 지키지 않는 그 모든 것에 대해 심판할 권한이 있었다.

그러나 특별 경매의 규칙을 잘 알고 있는 샤이렌은 쓸데없이 분노하는 아놀드에게 눈길조차 주지 않았다.

그보다는 칼릭스가 경매 내내 심드렁한 표정을 짓고 있는 게 마음에 걸렸다.

'설마 마지막 노예라도 노리는 건가?'

샤이렌은 레므나를 칼릭스의 성노예쯤으로 여겼다. 하녀 옷을 입히긴 했지만 그토록 아름다운 이종족 노예를 고작 하녀로 부릴 귀족은 이 세상에 없었다.

그래서 샤이렌은 칼릭스가 성노예만을 취급하는 아사드 상단에 들어가겠다고 했을 때 만류를 했다.

제아무리 성노예라고는 하지만 선천적으로 그들은 여자다.

주인의 사랑을 받지 못하는 성노예들이 어떤 말썽을 일으키는지 누구보다 잘 알고 있다 보니 칼릭스가 쓸데없이 욕심을 부리지 않길 바랐다.

하지만 칼릭스는 끝내 아사드 상단으로 들어가 버렸다. 그것도 겁도 없이 특별 경매에 참여했다.

그래놓고선 자신조차 마음이 동할 만큼 매력적인 첫 번째

와 두 번째 이종족 노예에게는 관심조차 보이지 않았다.

수많은 귀족이 쉴 새 없이 번호판을 들어 올렸는데도 말이다.

물론 경매의 기본적인 규칙을 알고 있고 손에 쥔 마르쿰의 금화를 믿고 있다면 배짱을 부리는 것도 무리는 아니었다.

하지만 이곳에 마르쿰의 금화를 가진 자가 한 사람뿐이라고 여기는 건 곤란했다.

실제 태평하게 특별 경매에 참여했다가 원하는 노예도 빼앗기고 마르쿰의 금화까지 잃는 이들도 적지 않았다.

게다가 분명 오르만은 경매를 시작하기 전 리후라드 후작을 향해 먼저 인사를 했다. 그렇다는 건 리후라드 후작 역시 마르쿰의 금화를 가지고 있다는 소리였다.

'말을 해줘야 하나?'

잠시 칼릭스를 바라보던 샤이렌이 이내 고개를 저었다.

카일로 백작이 내준 마르쿰의 금화가 이런 식으로 허비되는 건 원치 않았다. 하지만 그렇다고 해서 칼릭스를 돕고 싶은 마음도 들지 않았다.

그건 칼릭스도 마찬가지였다. 괜히 어린 자신을 돕겠다고 이러쿵저러쿵 떠들어 대봐야 귀찮을 뿐이었다.

일부러 못마땅한 얼굴로 경매를 지켜보는 것도 간섭 자체를 막기 위해서였다.

이어지는 세 번째 경매와 네 번째 경매의 분위기는 더욱 뜨거워졌다.

특히나 네 번째 경매의 경우 칼릭스는 물론이고 리후라드 후작까지 침묵을 지키면서 거의 대부분의 참가자가 번호판을 들어 올리는 열기를 보였다.

덕분에 최종 판매금은 무려 9천 골드. 총 참여금은 20만 골드에 달했다.

"자, 잠시 쉬었다 가겠습니다."

노련한 총관리인도 상상 이상의 경매 결과에 넋이 나간 듯 말을 더듬어댔다. 노예를 얻지 못한 참가자들의 입에서도 절로 안타까운 탄식이 흘러나왔다.

하지만 정작 칼릭스는 네 번째 노예가 주인의 품에 안길 때까지 번호판에 손가락조차 데지 않았다.

그것은 리후라드 후작도 마찬가지였다. 그는 앞선 경매에는 관심이 없다는 듯 오직 칼릭스만을 뚫어져라 바라봤다.

"이제 마지막 경매입니다."

잠깐의 휴식 시간을 가진 뒤 경매장 위로 마지막 노예가 등장했다. 그 순간,

"세, 세상에……!"

"저건 하르티아잖아!"

노예의 정체를 알아챈 참가자들의 입에서 절로 경악성이

터져 나왔다.

인간 여자들보다 조금 큰 키와 골격, 그리고 적당히 그을려 육감적인 피부에 탄력이 넘치는 몸매는 마지막 노예가 야수족이라는 사실을 알려주고 있었다.

그러나 정작 참가자들이 놀란 건 그녀의 얼굴 때문이었다. 야수족이라면 낙인처럼 달고 나오는 크고 널찍한 귀나 도드라지는 광대가 보이지 않았다.

인간들과 구분이 되지 않을 만큼 평범한 귀에 갸름한 얼굴. 거기에 초상화 속 미녀들보다 더욱 또렷하면서도 고운 선이 눈을 떼지 못하게 만들었다.

하르티아.

야수족과 인간 사이에서 태어났지만 극히 드물게 야수족보다 인간의 형질을 더 많이 물려받은 여성 변종을 일컫는 말이었다.

야수족과 인간이 관계를 맺고 아이를 낳을 시 인간보다는 야수족의 형질을 따르는 경우가 대부분이다.

이 유전 관계는 아버지가 인간이냐 야수족이냐에 따라 달라지지 않았다. 열이면 열, 백이면 백 모두 야수성을 타고났다.

그 확률에서 변수가 생기는 건 천 단위까지 확장이 되었을 때이다.

제국의 저명한 학자들의 연구에 따르면 천 명의 하르탄(야수족과 인간 사이에서 태어난 하프종의 총칭) 중 한 명 꼴로 하르티아가 나올지 모른다고 했다.

말 그대로 천분의 일의 확률. 그렇다 보니 하르티아를 보는 건 엘프 일족의 여왕을 보는 것만큼이나 불가능한 일로 알려져 있었다.

실제 수천 년 대륙 역사상 하르티아가 등장한 것도 한 손에 꼽힐 정도였다.

그렇듯 실존하는지조차 알 수 없고, 존재하더라도 극소수뿐일 거라는 하르티아가 노예 시장에 나올 것이라 예상하는 이는 아무도 없었다.

그만큼 하르티아는 귀하디귀한 존재였다. 그리고 그 장점은 단순히 인간과 유사한 생김새만이 아니었다.

하르티아에게는 야성이 없었다. 야수족처럼 사납지도 않고 드세지도 않았다. 모르는 이들이 봤다면 그저 조금 큰 인간 미녀라고 착각할 정도였다.

뿐인가. 하르티아가 낳는 아이는 무조건적으로 부계를 따랐다.

아버지가 인간이면 인간이 태어나고 엘프면 엘프가 태어나는 것이다. 그러면서도 아이에게 야수족으로서의 모든 잠재 능력을 함께 물려주었다.

강인한 체력과 담대한 심장, 거기에 마나에 친숙한 몸까지. 그야말로 최상의 후손을 생산해 내는 것이다.

800년 전. 대륙 전체를 절망 속에 빠뜨렸던 오크들의 군주 바툰가를 낳은 것도 하르티아였다.

주변의 일곱 개 나라를 무너뜨리고 모르도스 왕국을 제국으로 격상시킨 모르도스 대제 역시 하르티아를 어머니로 두고 있었다.

그렇다 보니 하르티아를 단순히 성노예로 보는 이는 아무도 없었다. 설사 하르티아를 손에 넣었다 하더라도 음욕부터 채울 이도 없었다.

하르티아를 황제에게 진상할 수만 있다면?

제국의 고위 귀족이 될지 몰랐다. 죽을 고비를 수차례 넘기며 어렵게 마스터의 경지에 오른 기사들조차 운이 좋아야 자작위를 받는 제국에서 말이다.

참가자들은 하나같이 마른침을 꿀꺽 삼켰다. 단순히 눈에 보이는 아름다움으로 평가하기 어려울 만큼 마지막 경매에 나선 노예의 가치는 엄청났다.

하지만 애석하게도 그들 중 누구도 번호판을 손에 들지 못했다. 아니, 들 수가 없었다.

"마르쿰."

시작부터 칼릭스가 마르쿰의 금화를 내던져 버렸기 때문

이다.

순간 특별 경매장은 침묵에 빠져들었다. 마치 간섭은 용납하지 않겠다는 듯 단호한 그 한마디가 모든 참가자의 기를 죽여 버렸다.

자신만만한 얼굴로 칼릭스만 바라보던 리후라드 후작의 반응도 마찬가지였다. 적잖게 놀란 듯 흔들리는 눈빛을 숨기지 못했다.

"마, 마르쿰의 금화라니요?"

리후라드 후작을 대신해 코베룬이 비명을 내질렀다. 설마하니 별 볼 일 없는 소년의 손에 마르쿰의 금화가 들려 있을 것이라고는 생각조차 하지 못한 얼굴이었다.

하지만 이 모든 사실을 알고 있던 오르만은 뻔뻔스럽게도 리후라드 후작을 향해 눈을 돌렸다.

'자, 후작. 설마 하르티아를 포기할 생각입니까? 하르티아만 있으면 후작이 그토록 바라던 공작이 될 수도 있을 텐데 말입니다.'

훌륭한 후손을 바라는 건 제국 황실만이 아니었다. 주변국들 역시 강한 군주를 배출해 제국의 영화를 누려 보길 소원했다.

특히나 사막의 나라라 불리는 하반 왕국의 경우에는 왕실특유의 호전성 때문에 왕세자를 세울 때마다 곤욕을 치러야 했다.

하반 왕국이 강해지지 못하는 건 왕실의 지나친 암투 때문이라는 말들이 나돌 정도로 말이다.

하반 왕국의 살실로 국왕의 가장 큰 고민거리도 무려 여덟 명이나 되는 아들에게 있었다.

하나같이 눈에 넣어도 아프지 않을 자식들이었지만 국왕의 자질은 별반 다르지 않았다.

누굴 후계자로 지목한다 해도 평탄히 왕위에 오르기 어려울 정도로 말이다.

이런 때에 리후라드 후작이 하르티아를 살실로 국왕에게 바친다면? 하르티아가 살실로 국왕의 아홉 번째 아들을 낳아 준다면? 그 아들이 치열한 경쟁을 뚫고 왕위에 오른다면?

왕명이라면 목숨을 내거는 전사들이 즐비한 하반 왕국이 라인하르트 왕국을 밀어내고 남부 제일 왕국으로 불릴 날도 오래지 않을 것이다.

그렇게만 된다면 리후라드 후작가는 리후라드 공작가가 되어 있을 것이다.

그 여세를 몰아 가문의 여식을 차기 국왕에게 시집보내어 왕자를 생산한다면? 리후라드 가문은 명실공이 하반 왕국 제일의 가문으로 올라서게 될 터였다.

'뭘 망설이는 겁니까? 당신의 운명을 바꿀 수 있는 기회는

지금 한 번뿐입니다.'

오르만의 노골적인 시선이 리후라드 후작의 야심을 자극했다. 그것이 먹혔든 것일까.

"마르쿰. 그리고 5만 골드."

리후라드 후작이 마르쿰의 금화와 함께 소지한 전 재산인 5만 골드를 책상 위에 내던졌다.

쿠웅!

묵직한 금화의 무게가 특별 경매장을 짓눌렀다. 그와 동시에 경매를 지켜봐야만 하는 참가자들의 입이 쩍하고 벌어졌다.

마르쿰의 금화만으로도 벅찰 정도인데 5만 골드라니. 하만 왕국에서도 손꼽히는 부를 축적한 리흐라드 후작이 아니고서야 불가능한 배포였다.

5만 골드면 부유한 자작령의 한 해 세입에 해당하는 금액이었다.

세입의 대부분이 영지 개발로 투자되는 추세를 감안했을 때 그만한 돈을 사용할 수 있는 귀족은 대륙 전체를 따져 봐도 백을 넘기 어려웠다.

게다가 그 귀족 중 이종족 성노예에 관심을 보이는 자들은 많지 않았다. 설사 관심이 있다 하더라도 얼굴이 팔리는 걸 감안하고 경매에 직접 참여할 만한 이는 드물었다.

결국 칼릭스가 5만 골드 이상을 더 내놓지 않는 한 하르티야는 리후라드 후작의 차지가 될 가능성이 높았다.

'5만 골드라. 나쁘지 않군.'

오르만의 입가를 타고 만족스러운 웃음이 번졌다. 단순히 하르티아의 가치만 놓고 보자면 5만 골드로는 어림도 없었다.

하르티아가 노예 경매를 통해 판매된 경우는 역사상 단 세 번뿐이었다. 그리고 그중 가장 낮은 판매금이 100만 골드였다.

하지만 마르쿰의 금화 두 개라면 그 정도 손해쯤은 충분히 감내할 수 있었다. 제아무리 100만 골드가 있다고 한들 그가 원하는 대로 원수를 파멸시키지는 못할 테니까.

애써 들뜬 마음을 다잡으며 오르만이 칼릭스 쪽으로 고개를 돌렸다. 그렇다고 특별히 뭔가를 기대한 건 아니었다.

그저 마르쿰의 금화를 잃게 생긴 소년에 대한 최소한의 예우에서 비롯된 태도였다.

그런데…….

"마르쿰."

칼릭스의 입에서 뜻하지 않은 말이 터져 나왔다.

그와 동시에 책상 위로 떨어져 내린 건 놀랍게도 또 하나의 마르쿰의 금화였다.

"마, 마르쿰이라니!"

"대체 마르쿰의 금화를 몇 개나 가지고 있던 거야?"

경매가 끝났다고 여겼던 참가자들의 입에서 경악성이 터져 나왔다. 설마하니 칼릭스에게 마르쿰의 금화가 하나 더 있을 것이라고는 그 누구도 생각하지 못한 얼굴이었다.

그러나 그들 중 누구도 리후라드 후작만큼 충격이 크지 않았다.

'금화가…… 하나 더 있었단 말인가?'

승리를 자신하던 리후라드 후작의 눈매가 딱딱하게 굳어졌다.

하르티아가 등장하면서 레무나에 대한 미련을 깨끗이 털어버렸다고 생각했는데 칼릭스가 또 하나의 마르쿰의 금화를 내놓으면서 분노와 질투심이 동시에 치밀어 올랐다.

'세, 세상에……!'

경매를 즐기던 오르만도 더는 웃지 못했다. 그가 생각했던 것 이상으로 경매가 커져 버린 탓이었다.

'이, 이거 큰일이로군.'

오르만은 덜컥 겁이 났다. 그가 예상했던 그림은 리후라드 후작이 웃으며 하르티아를 데려가는 것이었다.

칼릭스에게는 미안한 이야기지만 그래야만 이번 경매도 뒤탈이 없이 마무리될 수 있었다.

하르티아는 그 가치만큼이나 아무나 가질 수 있는 노예가
아니었다.

오르만이 에르비스에 머무는 수많은 귀족 중 마르쿰의 금
화를 가지고 있는 리후라드 후작에게 접촉한 건 그가 그만한
힘을 가지고 있기 때문이었다.

물론 오르만도 마르쿰의 금화 하나만으로 하르티아를 리
후라드 후작에게 넘겨 줄 생각은 없었다.

알게 모르게 생색을 내다 보면 리후라드 후작도 적당히 뒷
돈을 챙겨 줄 터. 그걸로 손해를 최대한 만회할 생각이었다.

그런데 난데없이 칼릭스가 또 하나의 마르쿰의 금화를 내
던졌다. 자연스럽게 리후라드 후작은 마르쿰의 금화와 5만
골드를 날려 버릴 위기에 처했다.

'안 되겠다.'

오르만은 다급히 관리인을 불렀다. 그리고 그에게 다급히
귓속말을 중얼거렸다.

"……예?"

관리인이 놀란 눈으로 오르만을 바라봤다. 아무리 그래도
그렇지 다른 사람도 아니고 상단주인 오르만이 경매를 조작
하려 하다니. 이 상황을 어찌 받아들여야 할지 난감하기만 했
다.

하지만 이대로 경매가 끝나버릴 경우 난감해지는 건 오르

만이었다.

"시키는 대로 해!"

오르만이 빠득 이를 갈았다.

"아, 알겠습니다."

그제야 관리인이 서둘러 리후라드 후작에게 달려갔다.

"저, 저기 긴히 드릴 말씀이 있습니다."

"무엇이냐!"

"그, 그게 그러니까······."

주변의 눈치를 살피던 관리인이 조심스럽게 리후라드 후작에게 오르만의 뜻을 전했다.

만약 50만 골드를 지불할 의향이 있다면 상단에서 소유 중인 마르쿰의 금화 하나를 은밀히 넘겨주겠다는 것이다.

경매 도중 참여금이 부족한 참가자에게 차용증을 받고 돈을 빌려주는 건 상단의 당연한 의무였다.

그 정도쯤은 경매에 참여한 참가자들이라면 누구나 알고 있는 상식이었다.

하지만 궁지에 몰린 참가자를 돕기 위해 상단이 먼저 나서는 경우는 드문 일이었다. 그것도 마르쿰의 금화가 세 개나 나온 상황이라면 문제가 될 가능성이 높았다.

어찌 보면 경매 조작으로도 볼 수 있었다. 그럼에도 오르만이 이 같은 제안을 한 것은 리후라드 후작에게 자신이 최선을 다하고 있음을 알리기 위함이었다.

"흐음……."

격하게 흔들리던 리후라드 후작의 눈빛이 잠잠해졌다. 50만 골드라는 지출이 부담스럽긴 했지만 하르티아를 얻을 수만 있다면 나쁜 거래는 아니었다.

반면 코베룬의 생각은 달랐다.

"50만 골드라니!"

오르만이 말도 안 되는 욕심을 부린다며 펄쩍 뛰었다.

지하 경매장을 통해 은밀히 유통되는 마르쿰의 금화의 가치는 대략 30만 골드 전후였다.

카일로 백작이 에르비스에 온 이후로 마르쿰의 금화의 반출이 거의 없다시피 한 터라 2년 전에 비해 거의 5배 이상 치솟은 금액이었다.

그런데 오르만은 겁도 없이 거기에 20만 골드를 더해 구입할 것을 제안했다. 그것도 경매 조작까지 감내하며 말이다.

이대로 경매가 끝날 경우 리후라드 후작의 화를 사게 될 게 뻔한 상황이었지만 오르만은 뼛속까지 상인이었다. 마지막 순간까지 상인으로서의 욕심을 버리지 않았다.

"어떻게…… 하시겠습니까?"

관리인이 조심스럽게 물었다. 이미 수많은 이의 이목이 집중된 상황에서 더 이상 시간을 끄는 건 위험한 일이었다.

"숙부님!"

코베룬이 냉큼 리후라드 후작의 팔을 붙잡았다. 경매에서 이기는 것도 좋고 하르티아도 좋았지만 존경하는 숙부가 이런 식으로 상인의 농간에 휘둘리게 놔둘 수는 없었다.

"후우……."

답을 내리기가 쉽지 않았던지 리후라드 후작이 길게 한숨을 내쉬었다. 그리고는 습관적으로 칼릭스를 바라봤다.

아마 똑똑한 자라면 관리인이 자신에게 온 이유를 알고 있을 것이다. 그렇다면 지금쯤 분개하거나 관리인을 불러 항의를 해야 옳았다.

그러나 정작 칼릭스는 태연해 보였다. 마치 경쟁을 할 수 있으면 해보라고 부추기는 듯했다.

'뭐지? 설마 마르쿰의 금화를 하나 더 가지고 있기라도 한다는 건가?'

리후라드 후작의 입가를 타고 헛웃음이 흘렀다. 그럴 리야 없겠지만 자신을 속이기 위해 꾀를 부리는 거라면 그 배포만큼은 인정해 주고 싶었다.

그때였다.

리후라드 후작과 눈이 마주친 칼릭스가 슬쩍 입가를 비틀었다. 그러더니 안주머니에 손을 넣고는 뭔가를 살짝 내비쳤다.

찰나의 상황이었다. 오르만을 비롯해 모든 이의 시선이 리후라드 후작에게 집중되어 있었기 때문에 그 모습을 본 자는 거의 없다시피 했다.

하지만 안타깝게도 리후라드 후작은 그것의 정체를 보고야 말았다.

마르쿰의 금화.

활쏘기를 좋아해서 백 미터 밖에 떨어져 있는 사냥감조차 놓치지 않는 그의 눈동자로 결코 있어서는 안 되는 세 번째 마르쿰의 금화가 선명하게 빨려 들어왔다.

"젠장!"

리후라드 후작의 입에서 역정이 터져 나왔다. 만일 저것이 진짜 마르쿰의 금화라면, 그리고 칼릭스가 세 번째 마르쿰의 금화를 사용할 의사가 있다면 오르만의 제안을 받아들인다 한들 승산이 없었다.

그렇다고 두 개의 마르쿰의 금화를 구입할 여력은 없었다. 게다가 세 개의 마르쿰의 금화를 가진 칼릭스가 네 번째 마르쿰의 금화를 가지고 있지 않을 거란 확신도 할 수 없었다.

"가자!"

리후라드 후작이 짜증스럽게 몸을 일으켰다. 그의 날선 시선이 히죽 웃는 칼릭스를 지나 오르만에게 매섭게 꽂혀 들었다.

"후, 후작님!"

오르만이 다급히 리후라드 후작의 뒤를 쫓았지만 소용없었다. 어느새 리후라드 후작을 둥글게 에워싼 호위 전사들은 오르만의 접근을 용납하지 않았다.

"제길……."

순식간에 사라져 버린 리후라드 후작 일행을 바라보며 오르만이 주먹을 움켜쥐었다.

괜히 마르쿰의 금화에 욕심을 부린 탓에 리후라드 후작이라는 감당할 수 없는 적을 만들어 버렸다.

하지만 오르만이 신경 써야 하는 건 리후라드 후작만이 아니었다.

"저, 저기 주인님. 329번 손님께서 따로 뵙기를 원하십니다."

"329번?"

신경질적으로 고개를 돌린 오르만의 시선 너머로 329번이라는 번호판이 또렷하게 들어왔다.

그리고 공교롭게도 그 번호판은 두 개의 마르쿰의 금화를 내던져 모든 계획을 엉망으로 만들어버린 칼릭스의 손에 들려 있었다.

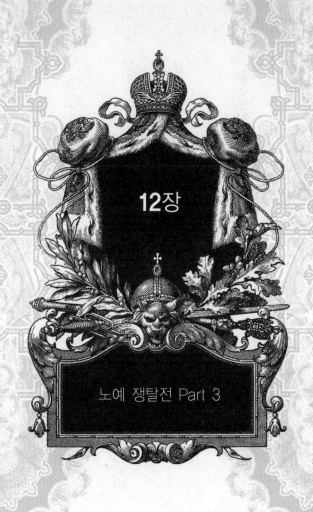

12장

노예 쟁탈전 Part 3

1

칼릭스는 밀담을 원한다는 말을 남긴 채 경매장 뒤편에 마련된 별실로 들어가 버렸다.

샤일렌과 아놀드가 뒤따라 별실로 들어갔지만 이내 쫓기듯 밖으로 나오고 말았다. 혼자 있고 싶다는 칼릭스의 고집 때문이었다.

누가 봐도 경매로 인해 단단히 화가 난 것 같은 모습이었다. 그러나 정작 오르만은 침착함을 유지했다.

"아직 끝난 게 아냐."

리후라드 후작에 이어 칼릭스까지 위기의 연속이었지만

오르만은 희망을 버리지 않았다. 한편으로는 차라리 잘됐다
는 생각마저 가졌다.

칼릭스가 누구인지는 몰라도 하르티아를 감당하기란 쉽지
않을 것이다.

분명 하르티아를 노리고 수많은 귀족이 덤벼들 터. 그들을
상대로 하르티아를 지키기란 말처럼 쉬운 일이 아니었다.

그런 사실들을 칼릭스에게 잘 설명하고 적당히 보상한다
면 하르티아를 다시 돌려받을 수 있게 될지도 몰랐다.

그다음에 리후라드 후작과 다시 접촉한다면? 경매 이후의
노고까지 더해지면서 기대했던 것보다 더 많은 보상을 받게
될 것이다.

그러나 칼릭스는 오르만이 생각하는 것만큼 어수룩하지
않았다. 게다가 하르티아를 지키지 못할 만큼 형편없는 신분
도 아니었다.

"재미있는 짓을 했더군."

"……예?"

"리후라드 후작에게 마르쿰의 금화를 팔려 했던 거 같은
데. 아닌가?"

"그게……."

자신을 똑바로 바라보는 칼릭스 앞에서 오르만은 쉽게 입
을 열지 못했다.

단순히 의심하는 수준이 아니라 확신하는 듯한 칼릭스의 말투는 왠지 모르게 묘한 위압감이 들었다.

"죄송합니다."

한참을 머뭇거리던 오르만이 고개를 숙였다. 오해라고 잡아뗄 수도 있었지만 왠지 그랬다간 더 큰 대가를 치르게 될 것 같았다.

자연스럽게 오르만의 시선이 아래쪽으로 움직였다. 그러다 칼릭스의 소매에 새겨진 문양을 발견하고는 흠칫 눈을 치떴다.

라인하르트의 왕실을 상징하는 황금색 카오루. 그것을 소매에 수놓을 수 있는 건 라인하르트 왕족뿐이다.

'귀공이었단…… 말인가?'

오르만은 그제야 칼릭스의 정체를 알아챘다. 얼마 전 라인하르트의 왕자가 에르비스에 들어왔다는 이야기를 들었던 기억이 머릿속을 스쳐 지난 것이다.

만일 다른 때 같았다면 오르만도 여유롭게 칼릭스를 대했을 것이다. 비록 남부의 강국 라인하르트의 왕자라 할지라도 귀공 신세라면 대단할 게 없었다.

하지만 하르티아를 손에 넣은 귀공이라면 이야기는 달라진다.

황도 바르츠에는 하르티아에 욕심을 낼만 한 이가 많았다.

아직도 더 많은 후손을 보고 싶어 하는 라인츠 황제를 비롯해 황위를 놓고 다투는 세 황자와 라인츠 황제의 동생인 두 공작.

거기다 황실의 큰 어른인 레이노크 대공과 제국을 지탱하는 수많은 고위 귀족까지 한 번에 꼽기 어려울 정도였다.

그렇다 보니 칼릭스가 하르티아를 데리고 있다는 것만으로도 그의 입지가 달라질 수 있었다.

그뿐인가. 칼릭스가 굳이 하르티아를 제국의 권력자들에게 넘길 이유는 없었다.

라인하르트 왕실에 보내도 그에 따른 충분한 보상을 받아낼 수 있었다.

물론 귀공이라는 신분으로 라인하르트 왕실에 잘 보일 이유는 없겠지만 만에 하나 귀국이 가능해질 때를 대비한다면 나쁜 선택은 아니었다.

결국 어느 쪽이든 칼릭스가 하르티아만 잘 활용한다면 다른 귀공들처럼 비참한 삶을 살지 않게 될 가능성이 높았다.

"제가 감히 왕자님을 알아보지 못하고 큰 결례를 범했습니다. 제 무례를 용서해 주십시오."

오르만은 냉큼 무릎을 꿇었다. 하르티아를 통해 칼릭스의 미래가 어떻게 달라질지 짐작조차 하지 못하는 상황에서 감히 귀공이라고 만만하게 여길 수는 없는 노릇이었다.

당연히 농간을 부릴 생각도 접었다. 리후라드 후작이 두렵긴 했지만 어차피 그는 타국의 귀족이었다.

반면 칼릭스는 귀공으로 바르츠에서 살아가게 될 것이다. 언제 다시 에르비스를 찾을지 모를 리후라드 후작보다는 제국의 심장에 머무는 칼릭스가 더 신경 쓰일 수밖에 없었다.

"내가 어떻게 용서를 해야 하지?"

칼릭스가 오르만을 내려다보며 말했다. 표정은 더없이 싸늘해 보였지만 그 말투 속에는 용서를 할 만한 근거가 필요하다는 속내가 담겨 있었다.

"감히 말 몇 마디로 어찌 제 잘못을 씻을 수 있겠습니까. 약소하지만 사죄의 뜻으로 이것을 받아주십시오."

오르만은 즉석에서 묵직한 주머니를 꺼내어 칼릭스에게 내밀었다. 리후라드 후작이 칼릭스와의 경쟁에서 이기기 위해 통 크게 내놓은 금화 주머니였다.

리후라드 후작가의 문양이 수놓인 주머니에는 무려 5만 골드의 대금화(100골드짜리 금화)가 들어 있었다.

단순히 무례에 대한 보상으로는 지나친 금액이었지만 오르만은 눈곱만큼도 망설이지 않았다.

먼 훗날 5만 골드 이상의 값어치로 되돌려 받을 수 있다는 확신이 있었기 때문이다.

'이만하면 충분하겠지.'

오르만이 조심스럽게 고개를 들어 올렸다. 하지만 정작 칼릭스는 이 정도로는 성에 차지 않는다는 표정을 짓고 있었다.

"흠……."

칼릭스가 길게 신음했다. 굳이 말을 하지는 않았지만 뭔가 더 많은 보상을 바라는 투였다.

'제길.'

칼릭스의 속내를 읽은 오르만이 이맛살을 찌푸렸다. 5만 골드나 되는 거금으로도 만족스럽지 않다면 원하는 건 단 하나뿐이었다.

"그리고 이걸……."

오르만이 다시 품속에 손을 집어넣었다 빼냈다. 부르르 떨리는 그의 손가락 끝에는 마르쿰의 금화 하나가 잡혀 있었다.

"흠, 흠. 뭘 이런 걸 다……."

칼릭스는 기다렸다는 듯이 마르쿰의 금화를 회수했다.

그렇게 리후라드 후작과 칼릭스의 경쟁을 통해 이득을 챙겨 보겠다는 오르만의 부푼 바람은 수포로 돌아가고 말았다.

2

오르만이 굳은 얼굴로 방을 나선 지 얼마 지나지 않아 샤일렌이 문을 열고 들어왔다.

"왕자님, 상단에서 노예를 데려왔습니다."

샤일렌이 고개를 숙이며 말했다. 그의 뒤로 두 명의 관리인이 하르티아를 좌우로 붙잡은 채로 서 있었다.

"의자에 앉혀."

칼릭스가 귀찮다는 듯 손을 휘저었다. 그러자 관리인이 하르티아를 조심스럽게 의자에 주저 앉혔다.

경매 전에 억지로 먹인 물약 때문인지 하르티아는 정신을 차리지 못하고 있었다. 힘겹게 눈을 뜨려 노력했지만 그뿐. 제 힘으로는 손 하나 까딱하지 못했다.

"엉망이군."

칼릭스가 가볍게 눈살을 찌푸렸다. 경매를 위해 필요한 절차라고는 하지만 약에 취한 미녀를 지켜본다는 건 그다지 유쾌한 경험이 아니었다.

게다가 하르티아는 이종족이라고 할 수도 없을 만큼 연약한 존재였다. 자진할 게 염려되었다면 그저 입에 재갈을 물리는 정도에서 끝낼 수도 있었다.

그럼에도 굳이 물약을 먹인 건 특별 경매 특유의 난잡한 노예 검증을 위해서였다.

만일 칼릭스 때문에 특별 경매가 일반 경매로 바뀌지 않았다면 하르티아는 정신을 잃은 채로 수많은 이 앞에서 성적 희롱을 당했을 것이다.

"이건 정신을 잃게 만드는 약입니다. 그리고 깨우는 약입니다."

관리인 하나가 칼릭스에게 서로 다른 색의 물약을 두 개씩 내밀었다.

붉은빛이 감도는 물약에는 독한 진정 성분이 포함되어 있었다. 한 모금만 마셔도 눈앞의 하르티아처럼 온몸이 축 늘어진 채로 정신을 차리지 못했다.

반면 푸른빛의 물약은 강력한 각성의 효과가 있었다. 한 병을 전부 먹이면 붉은 물약의 효과에서 완전히 벗어날 수 있었다.

"언제까지 이 상태로 있는 거지?"

칼릭스가 턱 끝으로 하르티아를 가리키며 물었다. 그러자 관리인이 고개를 숙이며 답했다.

"노예들마다 약간의 차이는 있습니다만 대략 열흘 정도 지속될 겁니다."

"열흘이라."

"그리고 깨우는 약은 최대한 신중히 사용해 주십시오."

관리인이 신중이라는 단어에 힘을 주었다. 일반 노예도 아니고 값비싼 성노예인만큼 완전하게 통제되기 전까지 함부로 깨워서는 안 된다는 의미였다.

과거에는 성노예의 야수성을 벗긴다는 이유로 복종할 때

까지 굶기고 매질을 하는 경우가 많았다.

그 과정에서 죽는 경우도 빈번했지만 교육이 성공할 경우 반강제적인 충성심을 심을 수 있었다.

그러나 요새는 전통적인 방법으로 교육을 하는 경우는 드물었다. 그보다는 마법이나 주술을 통해 정신을 지배하는 경우가 많았다.

에르비스에 즐비한 마탑 지부나 이름 높은 주술사들을 알려줄까 하다가 관리인은 이내 입을 다물어 버렸다.

칼릭스가 구매한 노예가 평범한(?) 성노예라면 또 모르겠지만 귀하디귀한 하르티아였다.

잘 만하면 인생은 물론이고 운명까지 바꿔 줄 귀한 보물이었다.

괜히 조언을 한답시고 섣불리 말을 꺼냈다가 교육이 잘못되기라도 한다면 그 불똥이 자신에게까지 튈 수 있었다.

'뭐 바보가 아니고서야 깨우진 않겠지.'

시큰둥한 얼굴로 고개를 끄덕이는 칼릭스를 향해 관리인이 가볍게 고개를 숙였다.

가끔 성노예를 깨운 뒤 몸부터 차지하려고 하는 귀족들이 없지는 않았지만 아직 성년도 되지 않은 칼릭스가 그런 짐승 같은 짓을 할 것 같진 않았다.

교육이 되지 않은 성노예를 건드리는 건 대범하다 못해 무식한 짓이었다.

그러다 잘못될 경우에는 단 한 번의 쾌락에 성노예가 자진해 버리는 불상사가 벌어질 수도 있었다.

설사 성노예를 죽지 못하게 만든다 하더라도 이지를 상실하거나 주인에 대한 반감이 커지는 경우가 대부분이었다.

그렇게 되면 성노예로서 활용 자체가 불가능해질 수밖에 없었다.

하지만 정작 칼릭스는 관리인이 나가기가 무섭게 하르티아에게 다가갔다.

그리고는 동공이 풀린 하르티아의 뒷목을 잡아 젖힌 뒤 반쯤 열린 입안에 푸른색 물약을 쏟아 넣었다.

<u>끄르르.</u>

가래 끓는 소리와 함께 하르티아의 입 속으로 푸른색 물약이 빨려 들어갔다.

잠시 후 흐리멍덩하던 하르티아의 눈빛이 또렷하게 변했다.

"정신이 들어?"

하르티아의 뒷목을 놓아주며 칼릭스가 중얼거렸다.

만일 상대가 하르티아가 아니라 공격적인 다크 엘프나 야수족이었다면 당장에 죽이려고 달려들었을 텐데도 칼릭스는 크게 신경 쓰지 않았다.

그건 하르티아도 마찬가지였다. 칼릭스가 자신에게 무슨 짓을 저지를지 모르는 상황에서도 그녀의 표정은 더없이 침착하기만 했다.

하르티아는 노예 사냥꾼들에게 붙잡혀 온 이후로 매일같이 약에 취해 살았다.

잠깐이라도 정신이 들라치면 관리인들은 매정하게 붉은색 물약을 먹여 버렸다.

게다가 붉은색 물약을 마신다고 해서 완전히 정신을 잃는 것도 아니었다.

차라리 그랬다면 좋겠지만 그 어떤 감정조차 일으키지 못할 만큼 몸이 무기력해질 뿐이지 보고 듣고 느끼는 건 가능했다.

하르티아는 자신이 경매를 통해 칼릭스에게 팔렸다는 사실을 대충 짐작하고 있었다. 누군가 자신을 구해주지 않는 한 칼릭스를 주인으로 섬겨야 한다는 사실도 말이다.

그러나 칼릭스를 향한 그녀의 눈빛은 두려움도 분노도 아니었다.

마치 막 성년이 되어 세상 물정을 전혀 모르는 귀족가 영애처럼 오로지 순수한 호기심만으로 가득 차 있었다.

"왜? 내가 너희 말을 하니까 이상해?"

하르티아의 눈빛을 읽은 칼릭스가 피식 웃었다. 놀랍게도 칼릭스의 입에서는 야수족들의 언어인 비스타어가 정확하게 흘러나오고 있었다.

"당신…… 하르탄인가요?"

하르티아가 조심스럽게 입을 열었다. 야수족의 피가 섞이지 않고서야 저토록 능숙하게 비스타어를 할 수는 없는 노릇이었다.

하지만 칼릭스는 하르탄이 아니었다. 부계와 모계를 모두 따져 봐도 야수족의 피는 단 한 방울도 섞여 있지 않았다.

"아니야. 그리고 앞으로는 날 주인님이라고 부르는 게 좋을 거야."

칼릭스가 단호한 목소리로 말했다. 값비싼 대가를 치르고 하르티아를 손에 넣은 이상 주종관계는 확실히 해둘 필요가 있었다.

그러나 하르티아는 조금도 겁을 먹지 않았다. 오히려 보란 듯이 빙긋 웃어 보였다. 칼릭스가 일부러 냉정하게 구는 것이라고 여긴 모양이었다.

'나 참. 이래서는 곤란한데.'

보다 못한 칼릭스가 미간을 찌푸려 봤지만 마찬가지였다.

'난 노예 복은 없나 보군.'

칼릭스가 어쩔 수 없다는 듯 고개를 흔들어댔다. 레므나에 이어 하르티아까지 주인을 우습게 여기는 것 같았다.

그렇다고 해서 하르티아가 레므나처럼 천방지축으로 날뛰는 건 아니었다.

비록 어쩔 수 없는 상황이라고는 하지만 자신이 어찌 행동해야 하는지는 정확하게 알고 있었다.

"제 이름은 타르샤예요."

"타르샤?"

"라흐바 대평원에 있는 바람 부족에서 태어났어요."

칼릭스가 묻지 않았는데도 타르샤는 알아서 자신의 이야기를 늘어놓았다.

기본적인 신상 정보는 물론이고 어떻게 해서 노예 상인들에게 붙들리게 됐는지까지 담담한 목소리로 이어 나갔다.

그러나 칼릭스는 타르샤의 구질구질한 노예 생활에 대해서는 별로 알고 싶지 않았다. 그가 궁금한 건 단 하나. 부족장의 딸인 타르샤와 파투와의 관계였다.

만일 둘이 결혼을 약속한 사이라면 그것을 빌미로 파투를 꾈 생각이었다.

하지만 단순히 부족장의 딸과 부족의 전사의 관계라면 다른 방법을 궁리해야 했다.

"파투를 아나?"

칼릭스가 지나가는 말투로 물었다. 그러자 타르샤가 깜짝 놀란 얼굴로 되물었다.

"주인님이 파투를 어떻게 아세요?"

"먼저 물어본 건 나다."

칼릭스는 보란 듯이 눈매를 굳혔다. 주인과 노예의 대화가 매번 이런 식으로 이루어진다면 골치 아플 수밖에 없었다.

다행이도 타르샤는 레므나만큼이나 눈치가 빨랐다.

"죄송해요. 파투는 제 동생이에요."

타르샤가 냉큼 고개를 숙이며 말했다. 그러자 이번에는 칼릭스의 표정이 달라졌다.

"동생이라고?"

칼릭스가 믿을 수 없다는 눈으로 타르샤를 바라봤다. 그가 알기로 파투는 야수족의 대전사였다. 바람 부족장의 아들이라는 소리는 들어본 적이 없었다.

만일 그렇다면 레테어가 건네준 정보에 그 내용이 담겨 있어야 했다.

하르티아인 타르샤가 바람 부족장의 딸이라는 사실은 알면서도 정작 파투의 실체를 몰랐다는 건 말이 되지 않았다.

그러나 타르샤는 거짓말을 한 게 아니었다.

"파투는 제 어머니가 낳은 아이예요."

칼릭스의 속내를 읽은 것일까. 타르샤의 눈빛이 순간 복잡해졌다. 간단하지 않은 자신과 파투의 관계를 설명한다는 게 쉽지 않은 모양이었다.

하지만 칼릭스는 어머니가 낳은 아이라는 한마디만으로도 파투의 정체를 짐작할 수 있었다.

야수족은 일부다처제 사회다. 한 명의 남자가 여러 아내를 둘 수 있었다.

그렇다고 해서 무한정 많은 여자를 부인으로 맞이할 수는 없었다.

계급에 따라 그 수가 정해지는데 전통이나 부족마다 약간의 차이는 있지만 부족장의 경우 다섯을 넘지 않는 게 일반적이었다.

타르샤는 하르티아다. 그리고 바람 부족장의 딸이다.

혈통을 중시하는 야수족의 특성 상 인간의 피가 섞인 이가 부족장이 될 수는 없는 법.

결국 모계 쪽에서 인간의 피가 흘러들어왔다고 봐야 했다.

확률적으로 희박하긴 했지만 야수족과 하르탄 여자 사이에서도 얼마든지 하르티아가 나올 수는 있었다.

그러나 현실적으로 봤을 때 타르샤의 어머니는 근방의 인간 여자일 게 분명했다.

그리고 고작 인간 여자가 부족장의 부인 자리를 차지할 만큼 야수족의 전통과 풍습은 만만치가 않았다.

야수족은 강하고 튼튼한 여자가 최고의 신붓감으로 꼽힌다.

타르샤의 어머니가 어떤 인간인지는 모르겠지만 제아무리 노력한다 한들 부족장의 부인이 되려는 최고의 신붓감들과의 경쟁에서 이길 가능성은 희박했다.

처음에야 호기심에 정을 줬겠지만 부족장의 마음도 금세 식어버렸을 터.

결국 부인 자리를 차지하지 못하고 공을 세운 부족의 일원에게 하사하는 형식으로 팔려간 모양이었다.

아마도 파투는 그 과정에서 만들어진 아이일 것이다. 타르샤와는 동복남매.

어미의 배를 함께했지만 물려받은 피가 다르기 때문에 파투는 감히 타르샤를 대놓고 누나라 부르지도 못했을 것이다.

그런 파투가 타르샤를 구하기 위해 부족을 뛰쳐나왔으니 남매간의 정만큼은 대단하다고 봐야 했다.

그리고 그것만으로도 칼릭스에게는 충분한 대답이 되었다.

"무슨 말인지 알아들었으니까 설명하려 할 필요 없어."

칼릭스가 손을 들어 타르샤를 제지했다. 원하는 답을 얻은 이상 굳이 편치 않는 가정사를 들을 이유는 없었다.

그러나 타르샤는 칼릭스가 자신을 배려한 것이라 여겼다. 그래서일까. 칼릭스를 향한 그녀의 눈빛은 더욱 애틋하게 변했다.

"주인님께서는 파투를 어떻게 아세요?"

타르샤가 조심스럽게 물었다. 조금 전과 같은 질문이었지만 말투 속에는 더없는 공경의 마음이 담겨 있었다.

"내가 파투를 어떻게 아는지는 중요한 게 아냐. 그보다는 파투가 노예로 붙잡혀 있다는 게 문제지."

칼릭스가 살짝 미간을 찌푸렸다

타르샤를 구하겠다는 마음에 무작정 부족을 떠나온 것 까진 좋았지만 그 역시도 야수족으로서의 한계를 벗지 못한 모습이었다.

지하 무투장에서 귀족들의 눈요깃거리로 전락한 걸 보면 말이다.

"파투가…… 노예가 됐다고요?"

타르샤의 새까만 눈동자가 다시금 크게 흔들렸다. 동생이 자신처럼 노예가 됐다는 사실에 큰 충격을 받은 모양이었다.

하지만 칼릭스는 대수롭지 않다는 반응이었다.

"파투를 구하는 건 어렵지 않으니까 안심해."

"그, 그게 정말이에요?"

"그래, 대신 네 도움이 필요해."

칼릭스가 타르샤를 바라보며 말했다.

그러자 타르샤가 한 치의 망설임도 없이 고개를 끄덕였다. 결연한 그녀의 표정 너머로 파투를 구하기 위해서라면 몸이라도 내던질 것 같은 의지가 엿보였다.

'하르티아긴 하지만 그래도 야수족이라 이건가?'

칼릭스는 그런 타르샤가 흥미롭기만 했다. 인간이나 다름 없는 몸에 야수족의 강한 의지를 지녔으니 모든 권력자가 탐을 내는 것도 당연해 보였다.

그때였다.

똑똑.

문소리가 나더니 칼릭스의 허락도 받지 않고 문이 열렸다.

"뭐야?"

칼릭스가 신경질적으로 눈매를 일그러뜨렸다. 하지만 그것도 잠시.

"주인님 미워요!"

방 안으로 뛰어들어온 레므나를 보며 이내 헛웃음을 흘려야 했다.

"저한테 한마디 말도 없이 여길 오시면 어떻게 해요."

칼릭스의 품에 안기며 레므나가 투정을 부렸다.

향초 마사지를 받고 돌아왔는데 칼릭스는 물론이고 샤이렌과 아놀드의 모습마저 보이지 않았으니 서운함이 드는 것도 무리는 아니었다.

그러나 칼릭스는 레므나의 호들갑에 넘어가지 않았다.

비록 지금은 사랑스러운 여인의 모습을 하고 있지만 레므나는 카산드라였다.

게다가 에르비스에서 직접 운영하는 만큼 지하 무투장은 안전한 곳이었다.

말 한마디로 사람의 운명을 좌지우지하는 카산드라가 지하 무투장에 남겨졌다고 해서 무슨 일이 생길 리 없었다.

"뭐하러 왔어. 어차피 다시 갈 거였는데."

"에? 또 거길 들어간다고요?"

"당연하지. 비싼 입장료까지 냈는데 빈손으로 돌아갈 수는 없잖아, 안 그래?"

"칫."

칼릭스의 퉁명스러운 반응에 레므나가 입술을 삐죽거렸다. 홀로 남겨진 걸 핑계로 루아렛에 가자고 떼를 쓰려 했는데 쉽지 않을 것 같았다.

그런 그녀의 눈에 자신만큼이나 예쁘게 생긴 여자가 눈에 들어왔다.

야수족의 피가 섞인 하르티아.

미아우만큼은 아니지만 그래도 대륙에서 흔히 볼 수 없는 변종 이종족이 에르비스 3대 성노예 상단이라 불리는 아사드 상단의 특실에 앉아 있는 이유는 한 가지뿐이었다.

"쟨 누구예요?"

레므나가 경계 어린 눈으로 타르샤를 바라봤다. 그러자 칼릭스가 장난스럽게 입가를 비틀었다.

"인사해. 여기는 내 밤노예."

"뭐라고요?"

밤노예라는 말에 레므나의 눈빛이 더욱 매서워졌다. 감히 자신 이외에 다른 밤노예를 들이다니. 치미는 굴욕감을 참을 수가 없었다.

'그래. 그래야 노예답지.'

투기를 부리는 레므나를 바라보며 칼릭스가 애써 웃음을 삼켰다.

천방지축으로 날뛰는 레므나 때문에 골치가 아팠는데 이제야 좀 속이 시원해지는 기분이었다.

하지만 칼릭스는 알지 못했다.

주인에게 밤노예라 소개가 된 순간 타르샤가 어떤 표정을 짓고 있었는지를 말이다.

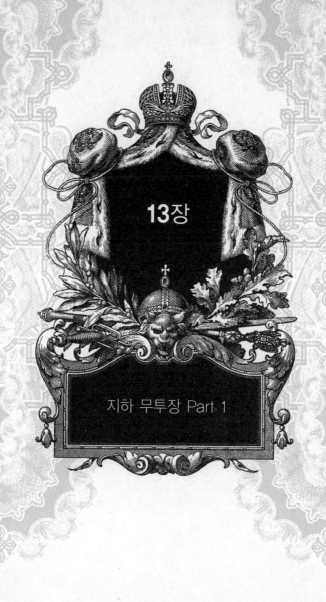

13장

지하 무투장 Part 1

1

　"일단…… 옷이 필요하겠어."

　아무렇지도 않게 자신을 따라나서는 타르샤의 모습에 칼릭스가 살짝 눈가를 찌푸렸다.

　아사드 상단의 비밀 경매에 나온 마지막 성노예답게 타르샤의 옷차림은 선정적이다 못해 야릇했다.

　늘씬하면서도 육감적인 몸에 걸친 거라곤 가슴과 국부를 가리는 속옷이 전부였다.

　그 위에 드레스를 걸쳐 입긴 했지만 재질이 워낙 얇다 보니 속이 훤히 비칠 정도였다.

그러나 정작 타르샤는 큰 눈을 끔뻑거렸다. 미아우족 못지않게 자유분방한 옷차림이 보편적인 야수족에게는 지금의 옷차림도 크게 불편할 게 없었다.

하지만 이대로 타르샤를 데리고 나갔다간 에르비스의 모든 남자의 시선이 그녀를 쫓아다닐 게 틀림없었다.

"가까운 곳에 옷가게가 있나?"

칼릭스가 샤이렌을 바라보며 물었다.

"노예 옷들만 전문적으로 판매하는 곳이 있긴 합니다만……."

샤이렌이 말끝을 흐렸다. 그 역시도 남자다 보니 좋은 눈요기가 끝날지 모른다는 사실이 아쉬운 모양이었다.

그러자 레므나가 눈을 반짝이며 말했다.

"옷가게는 왜요? 옷 사시게요?"

"그래, 타르샤를 좀 입혀야 할 거 같아."

"그럼 이 옷을 쟤 주세요."

"네 옷을? 그럼 넌?"

"절 새 옷 사주시면 되죠."

레므나가 씩 웃었다.

미아우로 태어나긴 했지만 오랜 시간 인간들과 어울리며 살다 보니 그녀는 예쁜 것에 대한 관심이 많았다.

더욱이 본연의 아름다운 모습으로 돌아온 만큼 특색 없는 하녀복보다는 귀족가 영애들처럼 드레스를 입고 싶었다.

무엇보다 먼저 하녀가 된 자신을 대신해 타르샤가 새 옷을 입는 꼴은 결코 두고 볼 수 없었다.

"지금 벗을까요?"

레므나가 칼릭스의 팔을 꼭 끌어안으며 물었다. 그러자 칼릭스가 대번에 눈매를 굳혔다.

"내가 말조심하라고 했지."

"제가 뭘요?"

"넌 노예야. 그런 식으로 아무렇게나 툭툭 내뱉지 말라고."

칼릭스가 질렸다는 듯 고개를 흔들어댔다. 아무리 천성이 천진난만하고 악의가 없다고 하지만 그녀의 직설적인 언행으로 인해 곤란해질 때가 많았다.

지금도 마찬가지였다. 한편에 물러서 있던 샤이렌과 아놀드는 얼굴을 붉힌 채로 딴청을 부리고 있었다.

레므나의 야릇한 말 한마디에 자신들도 모르게 묘한 상상을 하고 만 것이다.

"칫. 알았어요. 그럼 제 옷을 쟤한테 지금 벗어줄까요? 이럼 됐죠?"

입술을 삐죽거리며 레므나가 냉큼 말을 고쳤다.

어렵게 카산드라에서 벗어났는데 다시 그때처럼 번거로운

말을 써야 한다는 게 마음이 들지 않았지만 칼릭스에게 밉보여봐야 좋을 게 없다는 사실을 누구보다 잘 알고 있었다.

그러나 잘했다고 칭찬해 줄 줄 알았던 칼릭스는 이번에도 고개를 흔들었다.

"한심하긴. 네 옷이 타르샤에게 맞을 거라고 생각하는 거야?"

레므나는 타르샤만큼이나 늘씬하면서도 건강한 몸을 가지고 있었다.

하지만 그건 어디까지나 미아우와 자주 혼동되는 엘프의 기준에서 봤을 때였다.

이종족들 중에서 가장 체격이 좋은 야수족과 비교하면 여전히 왜소한 체형일 뿐이었다.

타르샤가 인간의 형질을 닮은 하르티아이긴 했지만 야수족의 피를 물려받은 만큼 미아우만큼 골격이 작진 않았다. 당연히 레므나의 하녀복이 타르샤에게 맞을 리 없었다.

"칫. 뚱뚱해 가지고."

레므나가 못마땅한 눈으로 타르샤를 노려봤다. 몸집이 크다는 이유로 새 옷을 입게 생겼으니 얄밉지 않을 수가 없었다.

하지만 타르샤는 눈 하나 까딱하지 않았다.

비록 지금은 노예 신세가 됐지만 그녀는 본래 부족장의 딸

이었다. 레므나의 매서운 눈빛에 기가 죽을 만큼 여린 성격이
아니었다.

"주인님, 그럼 제 옷을 사주시는 거예요?"

피식 웃던 타르샤가 레므나를 따라하듯 칼릭스의 팔을 끌
어안았다.

레므나가 대번에 도끼눈을 뜨며 노려봤지만 타르샤는 영
악하게 그 눈길을 피해 버렸다.

오히려 야수족 특유의 매력적인 눈웃음을 흘려대며 칼릭
스의 마음을 흔들려 애썼다.

"크흠."

"후우……."

그 모습을 지켜보던 샤이렌과 아놀드의 입에서 절로 신음
이 흘러나왔다.

레므나에 이어 타르샤까지 양쪽에 끼고 있는 칼릭스가 남
자로서 질투가 날 만큼 부럽기만 했다.

그러나 정작 칼릭스는 귀찮다는 표정이었다.

"더우니까 떨어져."

칼릭스의 냉정한 한마디에 레므나와 타르샤의 희비가 엇
갈렸다.

"거 봐. 떨어지라잖아."

시무룩해진 표정으로 칼릭스의 팔을 놓는 타르샤를 바라

보며 레므나가 얄밉게 놀려댔다. 하지만 그것도 잠시.

"너도."

칼릭스가 냉정하게 팔을 빼내자 레므나의 주둥이도 툭, 하고 튀어나왔다.

2

"이곳이 이 근방에서 가장 큰 곳입니다."

샤이렌이 안내한 옷가게는 3층이나 되는 건물 전체를 차지하고 있었다.

"어서 오십시오, 공자님. 무엇이 필요하신지요?"

칼릭스가 가게에 들어오기도 전에 주인으로 보이는 풍채 좋은 중년 사내가 밖으로 뛰쳐나왔다.

적극적인 자세가 장사 수완인 마냥 그는 연신 눈웃음을 흘려대며 자연스럽게 칼릭스를 가게 안으로 끌어들였다.

하지만 칼릭스는 그런 주인이 마음에 들지 않았다.

이토록 큰 가게를 운영할 정도면 어중이떠중이들은 신경도 쓰지 않는 게 일반적일 텐데 마치 기다렸다는 듯이 자신을 붙잡는 게 수상쩍은 것이다.

아니나 다를까. 칼릭스를 지나 타르샤를 향한 주인의 눈빛이 어느새 탐욕스럽게 번들거렸다.

비록 잠깐 사이에 벌어진 변화였지만 칼릭스는 그걸 놓치지 않았다.

'타르샤를 알아본 모양이로군.'

칼릭스는 속으로 코웃음을 쳤다.

대륙 최대의 노예 시장인 마르쿰에서 오랫동안 옷을 팔아 왔다면 타르샤가 하르티아라는 사실쯤은 어렵지 않게 눈치챘을 것이다.

어쩌면 특별 경매에 참여했던 누군가가 은밀히 사주했을지도 몰랐다. 수단과 방법을 가리지 말고 타르샤를 빼돌리라고 말이다.

'어디 무슨 수를 쓰나 볼까?'

칼릭스는 느긋하게 가게를 둘러보았다.

본래는 당장 타르샤의 몸을 가릴 만한 옷 한 벌만 사고 돌아가려고 했으나 자신의 옆에 바짝 붙어서 온갖 아첨을 떨어대는 주인의 모습이 재미있어서 일부러 몇 벌 더 골랐다.

"주인님, 저도 새 옷 사 주시면 안 돼요?"

주인의 애를 태우는 칼릭스의 속내를 알아챘는지 레므나가 쪼르르 다가와 아양을 부렸다.

"그래, 알았다."

피식 웃던 칼릭스는 주인을 끌고 레므나에게 맞을 법한 옷들 쪽으로 다가갔다.

그렇게 그 주변의 옷을 전부 살피며 레므나의 눈에 드는 옷들을 다섯 벌 더 고르고서야 칼릭스의 발걸음이 멈췄다.

"다 해서 몇 벌이지?"

칼릭스가 주인을 바라보며 물었다. 그러자 조금 지쳐 있던 주인이 언제 그랬냐는 듯 입가에 웃음을 띠며 대답했다.

"총 열 다섯 벌을 고르셨습니다, 공자님."

"뭐 그 정도면 충분하겠지. 전부 다 사겠어."

"어이구, 정말 감사합니다, 공자님."

오랜만에 큰 손님을 맞이하기라도 한 듯 주인이 호들갑스럽게 기뻐했다. 그러나 그 모습이 진심이 아니라는 것쯤은 칼릭스도 잘 알고 있었다.

"여기 돈. 이걸 빼고 나머지는 에비앙으로 보내줘."

칼릭스는 타르샤에게 입힐 옷을 한 벌 빼낸 뒤 대금화(100골드에 해당하는 제국의 화폐) 두 개를 주인에게 내밀었다. 그러자 주인의 눈빛이 당혹스럽게 변했다.

무려 한 시간이 넘게 칼릭스를 쫓아다닌 끝에 이제 겨우 일을 꾸밀 만한 여유를 얻었다.

그런데 이대로 가겠다니. 칼릭스의 얄미운 행동에 주먹이라도 쥐어박고 싶은 심정이었다.

하지만 주인도 여간내기는 아니었다.

대륙 각지의 사람들이 드나드는 마르쿰에서 이 정도 되는 규모의 옷가게를 운영한다는 건 어지간한 배짱이나 능력 없이는 불가능한 일이었다.

'참자. 참아.'

속으로 분을 삭이며 주인은 빠르게 평정심을 되찾았다. 그리고는 능청스럽게 말을 이어 나갔다.

"공자님께서 구입하신 옷들은 하나같이 값비싼 옷들입니다. 그러니 저희 가게에서 당연히 재단을 도와드리도록 하겠습니다."

아흔아홉 번의 생을 살면서 높아진 안목 탓인지 칼릭스가 고른 옷들은 한 벌에 십 골드를 호가하는 최상품이었다.

대충 고르려 해도 고급 원단에 바느질이 꼼꼼하게 된 옷이 아니면 눈에 들어오지가 않았다.

거기에 레므나 타르샤의 체형과 매력까지 감안하다 보니 옷의 품격이 점점 높아져만 갔다.

이런 고가의 옷은 옷가게에서 재단을 해주는 게 일반적이었다.

그러나 칼릭스는 그 핑계로 일을 꾸밀 시간을 벌려는 주인의 속셈이 훤히 들여다보였다. 당연히 주인의 뜻대로 움직여줄 마음이 없었다.

"아니. 그럴 필요 없어."

칼릭스가 고개를 흔들어댔다.

따로 재단이 필요하지 않을 만큼 레므나나 타르샤의 체형에 적합한 옷들만 골랐다. 그러니 굳이 시간을 낭비할 이유가 없었다.

그러나 주인은 칼릭스가 어린 탓에 아무것도 모르고 고집을 부리는 거라고 여겼다.

"공자님, 다른 곳에서 재단을 하실 경우 옷이 망가질 수도 있습니다. 그럴 경우에는 저희 옷가게에서 아무런 책임을 져 드리지 못합니다. 그러니 저희 가게에서 재단을 도와드릴까 하는데 어떠신가요?"

주인이 칼릭스를 달래듯 말했다. 보통 옷이 망가질 거라고 겁을 주면 대부분의 구매자는 고민에 빠지게 마련이었다.

하지만 칼릭스의 반응은 여전했다.

"상관없다니까."

오히려 귀찮다는 듯 이맛살을 찌푸렸다.

"고, 공자님, 노예들에게 몸에 맞지 않는 옷을 입히면 금방 해어지거나 망가지게 됩니다. 게다가 데려오신 노예들이 밤노예라면 몸에 맞게 재단하는 게 훨씬 보기 좋습니다. 그러니 저희 가게에서 재단을……."

"됐다고."

"그, 그렇다면 옷이 준비될 때까지 잠시 차라도 한 잔 하시는 건 어떠실……."

"나머지 옷은 에비앙으로 가져다 달라고 한 말 못 들었어?"

"그래도 저희 가게를 찾아오신 귀한 분께 차 한 잔 대접하지 않으면……."

"그깟 차. 마신 셈 치지."

"공자님! 그깟 차가 아닙니다. 공자님 같은 귀빈을 위해 특별히 남쪽에서 가져온 차입니다. 일단 한 모금 드셔 보시면……."

"됐다니까 그러네. 계속 입 아프게 말시킬 거야?"

칼릭스의 말투가 냉정하다 못해 무례하게 변하자 주인도 더는 말을 붙이지 못했다.

이만큼 이야기했으면 못 이기는 척 져 줄 만도 하건만 칼릭스는 마치 어린아이가 떼를 쓰듯 제 고집을 꺾지 않았다.

'새파랗게 어린놈이 감히!'

울컥 하고 감정이 치민 듯 주인의 눈매가 파르르 떨렸다.

비록 마르쿰에서 노예 옷을 팔고 있긴 하지만 그는 수많은 귀족을 단골로 둘 만큼 이름난 상인이었다.

고작 성년도 지나지 않은 소년에게 무시를 당할 정도는 아니었다.

그렇다고 싫다는 칼릭스를 억지로 끌어들일 수도 없는 노릇이었다.

본래 계획은 칼릭스에게 최음 성분이 들어 있는 차를 먹여 사고를 치게 만드는 것이었지만 아무래도 쉽지 않을 것 같았다.

"알겠…… 습니다."

중년 사내가 마지못해 대금화를 받아 들며 고개를 숙였다. 그리고 잔돈을 내주려는 듯 금화 주머니를 꺼냈다.

그러자 칼릭스가 짓궂게 웃으며 말했다.

"잔돈은 됐어."

"……예?"

"그걸 바라고 이런 거잖아. 아니야?"

"……!"

칼릭스는 주인의 과잉 친절을 잔돈이나 챙기려는 얌체 짓이라 단정 지어버렸다.

물론 딴 마음을 먹고 있었던 건 사실이지만 자신을 저급한 장사꾼 취급하는 칼릭스의 한마디에 주인의 얼굴이 딱딱하게 굳어버렸다.

하지만 칼릭스는 보란 듯이 양팔에 레프나와 타르샤를 끼고는 가게를 나가 버렸다.

샤이렌이 뒤늦게 미안하다는 듯 손을 들어 올렸지만 성난 주인의 눈에 그 모습을 들어올 리 없었다.

"이놈, 두고 보자!"

손에 꽉 움켜쥐었던 대금화를 바닥에 내던지며 중년 사내가 악을 내질렀다.

라인하르트의 귀공이라기에 좋게 하르티아만 받아 낼 생각이었는데 마음이 달라졌다.

이렇게 된 이상 겁도 없이 자신을 조롱한 대가까지 톡톡히 치르게 만들어야 할 것 같았다.

3

"왕자를 저래도 놔둬도 괜찮은 거요?"

저만치 앞서가는 칼릭스의 뒤를 쫓으며 아놀드가 불만스럽게 투덜거렸다.

에르비스는 대륙 최초이자 최대의 자유 영지였다. 그렇다 보니 단순히 신분의 고하만으로 사람을 대하는 경우가 드물었다.

오히려 젊은 귀족들은 신분을 감추고 에르비스만의 자유로움을 만끽하곤 했다.

그런데 아직 성년조차 되지 않은 칼릭스가 나이 많은 귀족들만큼이나 권위적으로 굴고 있으니 그저 한심스럽기만 했다.

칼릭스가 왕족이고 아직 어리다는 걸 감안해도 조금 전 주인에게 보인 행동은 철이 없다 못해 지나쳤다.

그러다 괜히 주인이 입방정이라도 떨어냈다간 칼릭스의 평판만 나빠질 뿐이었다.

그러나 샤이렌은 대답 대신 어색하게 웃기만 했다. 대륙 각지의 귀족들을 상대해야 하는 에르비스의 집사답게 칼릭스의 성격에 적응해 버린 탓이었다.

게다가 이제 와 칼릭스에게 주의를 준다고 한들 들어 먹을 것 같지도 않았다.

오히려 자신처럼 체념하지 않고 아직까지 칼릭스에게 불만을 늘어놓는 아놀드가 더 유별나게 느껴졌다.

어차피 얼마 지나지 않아 바르츠로 떠날 처지였다. 그 이후로는 다시 만나고 싶어도 만날 수가 없을 터였다. 그러니 불필요하게 감정을 소비할 이유가 없었다.

'그저 별다른 사고만 치지 않으면 고마울 텐데.'

샤이렌은 그저 칼릭스가 자신과 아놀드가 통제할 수 있는 범위 안에서 움직여주기만을 바랐다. 더 이상 감당할 수 없는 일들을 벌이지 않길 기도했다.

하지만 애석하게도 하늘은 그의 기도를 철저히 외면하는 것 같았다.

"또 보네요, 왕자님."

칼릭스가 지하 연무장에 들어오기가 무섭게 새 드레스로

갈아입은 레테어가 길을 막아섰다.

그녀는 빠르게 레므나와 타르샤를 살핀 뒤 조금 불쾌해진 시선을 칼릭스에게 던졌다.

"내가 준 정보가 쓸 만했나 보네요."

레테어가 비웃듯 말했다. 정보를 얻기가 무섭게 쪼르르 달려가서 성노예를 둘이나 데려왔으니 속이 편할 리 없었다.

'귀찮게 됐군.'

칼릭스도 눈가를 찌푸렸다. 설마하니 또다시 레테어와 마주칠 것이라고는 생각지 못한 얼굴이었다.

그러나 칼릭스는 레테어가 자신을 불결하게 여긴다는 것쯤은 어렵지 않게 눈치챘다.

그 이유가 좌우에 붙어 선 레므나와 타르샤 때문이라는 것도 말이다.

"레므나, 가서 타르샤에게 새 옷을 입혀 줘."

칼릭스가 레므나를 돌아보며 말했다. 분위기로 봐서는 레므나와 타르샤가 잠시 자리를 비우는 편이 나을 것 같았다.

"따라와, 뚱땡아."

눈치 빠른 레므나가 타르샤를 끌고 빈 방으로 들어갔다. 지하 무투장 안에는 손님들이 쉬거나 즐길 수 있는 빈 방이 곳곳에 마련되어 있었다.

그사이 뒤처졌던 샤이렌이 냉큼 칼릭스 앞으로 걸어 나왔다.

"왕자님을 모시고 있는 샤이렌이라고 합니다. 실례지만 영애의 가문을 알려주실 수 있으신지요."

샤이렌이 공손히 허리를 굽히며 물었다.

본래 사교계의 예법 상 귀족가의 여식의 이름은 함부로 물어보는 게 아니었다. 그래서 가문을 대신 묻는 경우가 일반적이었다.

"에바예요."

레테어가 짧게 대답했다. 그리고는 더 이상의 소개는 없다는 듯 휙 하고 고개를 돌려 칼릭스를 바라봤다.

하지만 칼릭스에게 적응이 되어서일까. 샤이렌은 레테어의 냉대가 조금도 불쾌하지 않았다. 오히려 그럴 줄 알았다며 속으로 고개를 끄덕였다.

눈앞의 영애는 칼릭스를 왕자라 부르고 있었다. 그건 적어도 일면식이 있다는 소리였다.

게다가 영애는 칼릭스의 신분에도 아랑곳하지 않고 예를 갖추기보다 감정이 묻어나는 언사를 보여주었다.

제아무리 귀공이라 해도 왕족은 왕족이다. 그럼에도 무례하게 군다는 건 그녀 역시도 대단한 가문을 배경으로 두고 있다는 의미였다.

최소 제국의 후작가. 어쩌면 그 이상.

샤이렌은 혹시나 싶어 주요 가문의 영애들의 이름을 빠르게 되뇌어 보았다.

하지만 그중 에바라는 이름은 없었다. 비슷한 이름들이 존재했지만 그녀들이 에바라 확신하기는 어려웠다.

'아마도 가명이겠지.'

샤이렌은 에르비스에 드나드는 젊은 귀족들처럼 영애도 자신의 정체를 감추려는 것이라 여겼다. 가문도 숨겼는데 진짜 이름을 알려줄 리 없었다.

결국 조용히 에르비스를 찾았다가 우연찮게 칼릭스와 인연이 닿았을 가능성이 높았다.

어쩌면 조금 전, 지하 무투장을 떠나기 전에 칼릭스가 눈앞의 영애를 만나고 있었을지도 몰랐다.

대략의 추론을 마친 샤이렌은 고개를 돌려 칼릭스를 바라봤다. 칼릭스가 영애를 어찌 생각하고 있는지 알아 둘 필요가 있었다.

그러나 정작 칼릭스의 눈빛에 얽힌 감정은 당황도 반가움도 아닌 특유의 짜증이었다.

'왕자도 영애의 정체를 모르나 보군.'

샤이렌이 슬쩍 입가를 비틀었다. 어쩌면 이 만남이 자신과 에르비스에게 유익하게 흘러가게 될 수도 있을 것 같았다.

"에바님이시군요. 만나 뵙게 되어 영광입니다."

샤이렌이 다시 한 번 깊숙이 허리를 굽혔다. 레테어가 유력 가문의 여식이라는 확신이 든 이상 이 기회를 놓칠 순 없었다.

하지만 레테어는 에르비스의 집사가 함부로 안면을 틀 만큼 만만한 상대가 아니었다.

"아무래도 저희 아가씨께서 왕자님께 볼일이 있으신 듯한데 잠시 자리를 비켜 드리는 게 어떻겠습니까?"

조용히 침묵을 지키던 레테어의 수행집사 사울이 앞으로 나서며 말했다.

그의 말투는 점잖았지만 그 속에 숨겨진 의미는 날이 서 있었다. 감히 너 따위가 끼어들 자리가 아니라는 소리였다.

"그게 좋겠군."

그렇지 않아도 샤이렌과 아놀드를 떼어 놓고 싶었던 칼릭스가 냉큼 말을 받았다.

"알겠…… 습니다."

샤이렌이 마지못해 고개를 숙였다. 그렇게 그의 상대는 아리따운 레테어에서 영악스러운 사울로 바뀌어 버렸다.

4

"어떻게 이럴 수 있어요?"

자리를 옮기기가 무섭게 레테어가 언성을 높였다.

자신은 호의를 가지고 정보를 구해다줬는데 보란 듯이 성노예를 데려오다니. 참고 또 참으려 해도 참아지지가 않았다.

물론 사울은 그만한 사정이 있을 것이라고 말했다. 어쩌면 정보 속에 답이 있을 것이라며 책자까지 건네주었다.

그러나 레테어는 그 책자가 좀처럼 눈에 들어오지 않았다.

그렇다 보니 칼릭스가 호위 노예 하나를 얻기 위해 아사드 상단을 방문했을 것이라고는 꿈에도 생각지 못했다.

그저 운명의 상대일지 모르는 칼릭스가 자신을 바라봐주지 않았다는 사실에 단단히 화가 난 얼굴이었다.

"하아……."

칼릭스는 그저 한숨만 나왔다.

대체 무슨 말을 하려나 싶어 따라오긴 했는데 아직도 아사드 상단을 다녀왔다는 사실을 물고 늘어지고 있었다.

게다가 더욱 당혹스러운 건 레테어의 감정이었다.

그녀가 레프나와 타르샤에 대해 가지고 있는 건 단순한 불쾌함이 아니었다.

조금 전보다 더욱 선명해진 그녀의 표정 너머에는 뚜렷한 질투가 자리 잡고 있었다.

만일 그 감정이 질투에서 끝이 났다면 칼릭스는 가볍게 웃어 넘겼을 것이다.

비록 왕실을 피해 도망 다니며 살긴 했지만 그렇다고 왕족으로서의 품위를 잃진 않았다.

힘든 상황에서도 늘 좋은 옷과 음식을 해주었던 유모의 헌신적인 노력 때문이었다.

아직 열한 살이긴 하지만 칼릭스는 스스로의 외모가 만족스러웠다.

특별히 사내답진 않았지만 다소 고운 선에 유약한 이미지가 여성들의 모성애를 자극한다는 것도 잘 알았다.

하지만 조금 전에 처음 본 레테어가 자신에게 호감 이상의 감정을 품는다는 건 상식적으로 말이 되지 않았다.

아니나 다를까.

"말해봐요! 대체 쟤들은 뭐예요?"

따져 묻는 레테어의 말투 속에 소유욕이 드러났다.

'어디서 운명 타령이라도 주워들은 것인가.'

칼릭스는 그저 코웃음이 났다.

저 또래의 여자아이들이 운명에 푹 빠져 산다는 걸 모르진 않았지만 자신이 그 상대가 될 줄은 미처 예상치 못했다.

지금이 아흔아홉 번의 전생 중 하나라면 칼릭스는 대수롭지 않게 레므나의 운명 타령에 장단을 맞춰 주었을 것이다.

전생에 특별한 인연이 없던 하이델베르크 공작가를 배경으로 두었을 때 어떤 미래가 펼쳐질지 지켜보는 것도 나쁠 게 없었다.

그러나 지금은 아두르만 속이 아닌 현실이었다. 그렇다 보니 칼릭스는 레테어를 어찌 대해야 할지 고민스러워졌다.

고작 귀공의 신분으로 하이델베르크 공작의 손녀와 사사로이 친분을 쌓는다는 건 무척이나 위험한 일이었다.

이 사실이 외부에 알려질 경우 괜한 오해를 사게 될지 몰랐다. 특히나 스스로를 지킬 힘이 없다면 정략에 휘말릴 가능성이 높았다.

그렇다고 레테어와 선을 긋기도 어려웠다. 앞으로 언제 어디서 레테어를 다시 만나게 될지 모르는 상황이었다.

하이델베르크 공작이 쩔쩔 맨다는 레테어의 미움을 사서 좋을 건 하나도 없었다.

"흠……."

고민이 길어지는 듯 칼릭스의 입가를 타고 나직한 신음이 흘렀다.

하지만 정작 레테어는 칼릭스가 입을 꾹 다물고 있는 게 자신을 무시하는 것이라 여겼다.

"내 말이 우스워요?"

레테어가 더는 참지 못하고 빽 하고 소리를 내질렀다. 순간, 그 모습이 칼릭스를 들들 볶았던 누군가와 겹쳐졌다.

"거참 시끄럽네."

칼릭스가 반사적으로 짜증을 부렸다. 그리고는 레테어와

똑같이 감정적으로 굴었다.

"보면 몰라? 노예잖아."

"그냥 노예가 아니잖아요!"

"노예면 노예지 그냥 노예가 아닌 건 또 뭐야?"

"이익! 그러니까 왜 아사드 상단까지 가서 성노예를 샀냐고요!"

레테어는 칼릭스가 해명을 하길 바랐다.

열한 살밖에 안 된 소년이 벌써부터 성노예를 밝힌다거나 자신보다 성노예를 더 좋아한다는 오해를 어떻게든 풀어주길 원했다.

그렇다고 하르티아를 통해 귀공의 신세에서 벗어나려 했다고 털어놓을 수는 없었다.

여자들은 자신보다 나은 여자를 질투하지만 자신보다 못한 여자들을 동경하는 경향이 크다.

생존을 위해 어쩔 수 없는 선택이었다는 변명은 치졸한 핑계로 들릴 게 뻔했다.

"그야 샤이렌이 안내했으니까 간 거지!"

칼릭스는 뻔뻔하게도 모든 걸 샤이렌에게 뒤집어씌웠다. 샤이렌이 들었다면 기겁을 했겠지만 애석하게도 그는 이 자리에 없었다.

그런 칼릭스의 판단은 정확했다.

"그게…… 정말이에요?"

"그럼 내가 복잡한 마르쿰을 어떻게 알고 돌아다니겠어?"

"그럼 왜 성노예를 산 건데요?"

"대체 성노예가 뭔데 그래? 난 그냥 하녀가 필요했던 거야."

"그러니까…… 쟤들을 하녀로 쓰기 위해 산 거란 말이에요?"

"그래, 난 하녀가 없으니까."

"아……. 그건 몰랐어요."

레테어는 너무나 쉽게 오해를 풀어버렸다. 애당초 듣길 원했던 게 진실이 아니라 납득 가능한 변명이었다는 듯이 말이다.

'완전히 어린애로군.'

자신만큼이나 제멋대로인 레테어를 바라보며 칼릭스는 고개를 흔들었다.

어리다곤 해도 명망 높은 하이델베르크 공작의 손녀가 저토록 감정 조절이 안 돼서야 좋은 가문에 시집가긴 어려울 것 같았다.

하지만 가문을 들먹이거나 외모를 내세우는 부류들보다는 훨씬 나았다.

그래서일까. 레테어와의 인연을 여기서 끝내고 싶지 않다는 욕심이 들었다.

"그런데 말야. 너 나 좋아해?"

칼릭스가 단도직입적으로 물었다. 성년을 지났다면 조금
더 에둘러 진심을 떠봤겠지만 열한 살 소년에게는 직설적인
게 더 어울렸다.

그러자 레테어가 얼굴을 붉히며 소리쳤다.

"누, 누가 왕자님을 좋아한다는 거예요?"

말은 그렇게 하면서도 마치 본심이라도 들킨 것처럼 냉큼
칼릭스의 시선을 피해 버렸다.

"그럼 됐어. 미안한데 나 좋아하지 마. 난 귀공이거든. 그
러니까 나하고 어울려 봐야 좋을 게 하나 없어."

칼릭스는 그 틈을 놓치지 않고 하고 싶었던 말을 내뱉었다.

귀공은 아무하고나 가까이 지내서는 안 된다는 현실을 레
테어에게 넌지시 일깨워주었다.

그러나 칼릭스를 운명의 상대라 여기는 레테어에게 그 말
이 곧이곧대로 들릴 리 없었다.

오히려 귀공이라는 칼릭스의 신분이 극복해야 할 운명의
장난처럼 느껴졌다.

그렇게 아흔아홉 번의 전생에 없었던 또 다른 운명의 실이
얽히기 시작했다.

14장

지하 무투장 Part 2

1

"그런데 여긴 또 왜 온 거예요?"

"노예를 사러 왔지."

"노예는 이미 둘이나 있잖아요."

"쟤들은 하녀고. 이번에는 날 지켜 줄 수 있는 든든한 노예가 필요해서 온 거야."

"아, 그러니까 호위 노예가 필요한 거로군요?"

"맞아. 그렇다고 호위 기사를 둘 순 없거든."

"귀공이라서 그런 거예요?"

"그래, 귀공은 황궁에 허락받지 않는 기사를 들일 수 없으니까."

"정말요? 그럼 왕자님은 누가 지켜 주는데요?"

"그야 뭐 황실 근위기사들이 지켜 주겠지. 날 정말로 보호해 줄지는 모르겠지만 말야."

칼릭스가 어쩔 수 없다는 듯 중얼거렸다. 다른 곳도 아닌 제국의 황궁에 타국의 기사가 잠깐도 아니고 상주하다시피 하는 건 있을 수 없는 일이었다.

그러나 레테어는 그런 칼릭스의 처지가 가엽고 또 가여웠다. 평생을 타국에서 살아야 하는데 지켜 줄 사람이 없는 것만큼 처량한 일도 없었다.

그래서일까. 레테어는 칼릭스에게 어떻게든 좋은 호위 노예를 구해줘야겠다는 욕심이 생겼다.

"잠시만요."

레테어는 밖으로 나가 사울을 불렀다. 그리고는 그의 귓가에다 대고 은밀하게 속삭였다.

"가서 여기 주인 좀 불러와."

"주, 주인이요?"

당돌한 레테어의 주문에 사울은 말을 더듬었다. 이곳 지하 무투장은 에르비스에서 직접 관리하고 있었다.

아무리 하이델베르크 공작의 손녀라곤 하지만 지하 무투장의 주인을 함부로 오라 가라 하긴 어려웠다.

"레테어님, 그건 좀 곤란할 것 같습니다."

"레테어가 아니고 에바라고 불러. 그리고 왜 곤란하다는 거야?"

"그야 레, 아니, 에바님께서 원하시는 상대가 세라 황녀나 카일로 백작이기 때문이지요."

"뭐야? 이런 곳을 직접 관리하고 있었던 거야?"

그제야 진실을 알게 된 레테어가 이맛살을 찌푸렸다.

제아무리 자유 영지라고 해도 그렇지 귀족 체면도 내던지고 유흥 시설에까지 손을 대다니.

명망 높은 하이델베르크 공작가에서는 있을 수 없는 일이었다.

그렇다고 사울의 말처럼 세라 황녀나 총관인 카일로 백작을 불러올 수도 없는 노릇이었다.

세라 황녀는 황실에 있는데다가 아직 성년이 되지 않아 만나기조차 어려웠다.

게다가 카일로 백작은 슈베인 후작가의 사람이었다. 할아버지인 하이델베르크 공작이나 아버지가 온다면 또 모르겠지만 자신의 부름에 응해 줄 리 없었다.

"그런데 갑자기 주인은 왜 찾으십니까?"

곤란해하는 레테어를 바라보며 사울이 넌지시 물었다. 평소 레테어는 대수롭지 않은 일을 크게 만드는 경향이 있었다.

어쩌면 세라 황녀나 카일로 백작이 아니더라도 충분히 해결될 수 있는 문제일지 몰랐다.

그런 사울의 예상은 정확했다.

"왕자님한테 좋은 노예를 사줄까 해서."

"노예…… 요?"

"응. 여기서 제일 강한 노예."

"그런 거라면 총관리인에게 말씀하셔도 될 거 같습니다."

꿈틀거리는 입꼬리를 억누르며 사울이 가볍게 고개를 숙였다. 그러자 레테어의 표정이 금세 밝아졌다.

"정말? 총관리인한테 말하면 되는 거야?"

"네, 가능할 겁니다. 문제는 총관리인을 만날 수 있느냐는 것이겠지요."

"설마 총관리인도 카일로 백작만큼이나 대단한 사람인 거야?"

"그럴 리가 있겠습니까. 다만 에르비스에서 직접 관리를 하는 곳인만큼 아무하고나 쉽게 만나려 들지는 않을 것 같습니다."

"뭐야? 그래서 불가능하다는 거야?"

"방법이 있긴 합니다만……."

"그게 뭔데?"

"아마 에바님의 정체를 밝힌다면 아마 총관리인이 먼저 인사를 오려 할 겁니다."

사울이 가장 간단한 방법을 말했다. 하이델베르크 공작가의 명성은 제국은 물론이고 대륙 전역에 퍼져 있었다.

하이델베르크 공작가의 표식만 내보여도 아마 총관리인은 제 발로 찾아와 레테어 앞에 고개를 숙일 것이다.

그러나 레테어는 단호하게 고개를 흔들었다.

"그건 안 돼."

총관리인에게 자신의 정체를 밝히면 자연스럽게 칼릭스도 알게 될 것이다.

가뜩이나 귀공이라는 신분을 신경 쓰는 칼릭스가 모든 걸 알게 된다면 지금처럼 편하게 말을 주고받는 것조차 불가능해질 것이다.

"그렇다면 적잖은 돈을 쥐어주는 수밖에 없습니다."

사울이 차선책을 내놓았다. 권력도 좋지만 자유 영지 에르비스에서 돈으로 안 되는 건 없었다.

하지만 레테어는 그 방법도 마음에 들지 않았다.

"아직 남부는 돌아보지도 못했잖아. 그러다 여비가 떨어지면 어떻게 해?"

처음 보는 사람들에게는 사치깨나 즐길 것 같다는 말을 듣곤 했지만 레테어는 의외로 알뜰한 편이었다.

어려서부터 조부인 하이델베르크 공작의 무릎 위에서 공

작가의 재정 장부를 들여다보는 게 놀이이자 일상이었던 탓에 경제 관념도 확실하게 갖추고 있었다.

호위 기사 바인트가 라일스라면 이를 가는 것도 레테어 때문이었다.

실제 바인트가 라일스에게 사기당한 금액은 고작 천 골드에 불과했다.

매해 수천만 골드의 세입이 발생하는 하이델베르크 공작가의 경제 규모 상 천 골드는 푼돈에 불과했다.

그리고 그 정도는 바인트의 급료로 어렵지 않게 감당할 수 있었다.

그러나 레테어는 천 골드씩이나 되는 돈을 잃어버렸다며 틈만 나면 바인트를 구박했다. 심지어는 밥 먹을 자격도 없다며 굶기기까지 했다.

그래서 바인트는 자일스의 그림자만 봐도 눈이 뒤집혔다. 칼릭스를 붙잡아놓고서 어떻게든 자일스와 엮으려 했던 것도 레테어의 괴롭힘에서 벗어나기 위해서였다.

그런 레테어가 고작 지하 무투장의 총관리인을 만나기 위해 허투루 돈을 쓸 리 없었다.

"그럼 카르멘 쪽에 도움을 청해 볼까요?"

사울이 다시 물었다. 레테어가 가장 확실한 두 가지 방법을 거절한 이상 이제 남은 건 정보 길드인 카르멘을 활용하는 것뿐이었다.

카르멘 정도 되는 정보 길드는 단순히 정보만 팔지 않는다. 거미줄처럼 엮인 인맥을 동원해 의뢰인이 원하는 걸 들어주기도 한다.

카르멘의 힘이라면 총관리인과 만나는 것도 어렵지 않을 것 같았다. 하지만 레테어는 이번에도 미간을 찌푸렸다.

"남은 카르멘 카드가 몇 장이지?"

"두 장입니다."

"그럼 안 돼. 나중에 무슨 일이 생길지 어떻게 알아?"

하이델베르크 공작가를 나서며 레테어는 총관으로부터 다섯 장의 카르멘 카드를 받았다.

카르멘 카드는 카르멘 길드에서 사용할 수 있는 절대적인 의뢰 카드였다.

봉인된 정보나 길드의 존망이 걸린 의뢰가 아니라면 그 어떤 것도 요구할 수 있었다.

에르비스에 오는 동안 레테어는 총 세 장의 카르멘 카드를 사용했다.

그중 마지막 카드로 칼릭스가 원하는 정보를 구입했다.

칼릭스가 지하 무투장에서 살다시피 하며 지내 온 도박사들조차 알지 못하는 최고급 정보를 얻을 수 있었던 건 다 카르멘 카드 덕분이었다.

"한 장의 여분이 있으니 괜찮지 않겠습니까?"

사울이 나직한 목소리로 말했다.

계획된 여정이 많이 남아 있긴 했지만 제국 남부에 들어서면 카르멘 카드를 쓸 일이 없을 것 같았다.

돌아오는 길도 마찬가지. 그때는 당당하게 하이델베르크 공작가의 일원임을 밝힐 터이니 카르멘 카드가 필요 없었다.

그렇다면 유사시를 대비해 한 장의 카드만 남겨 둬도 충분해 보였다.

하지만 레테어는 그럴 여유가 없었다. 한 장의 카르멘 카드는 칼릭스에게 선물하기로 마음을 먹었기 때문이다.

"어쨌든 다른 수를 생각해 봐."

레테어가 괜히 사울을 닦달했다. 그러자 사울이 잠시 신음하더니 또 다른 방법을 쥐어짜냈다.

"그럼 일을 벌이시지요."

"일을 벌이다니?"

"저들이 에바님께 무례를 저지르도록 만드는 것입니다."

일부러 시비를 걸어서 사과와 함께 보상을 받아내는 건 힘 있는 귀족들이 종종 사용하는 편법이었다.

물론 일이 커질 경우 안 좋은 소문이 나돌 수도 있었다. 그러나 이것만큼 원하는 걸 손쉽게 손에 넣을 수 있는 방법도 드물었다.

"가능하겠어?"

다른 때 같았으면 질색을 했을 레테어가 조심스럽게 입을 뗐다.

지하 무투장을 단순한 유흥 시설쯤으로 여겨서일까. 뭔가 희생을 치루며 총관리인을 만나고 싶은 마음은 눈곱만큼도 없었다.

"이곳은 무투장이고 에바님의 곁에는 단순하지만 힘 하나만큼은 대륙 최고라 불릴 만한 호위 기사가 있지 않습니까?"

사울이 빙긋 웃었다. 지하 무투장처럼 시비가 자주 일어나는 곳은 없었다.

그런 곳에 성질 급한 바인트를 풀어놓는다면 필시 문제가 생길 터였다.

"알았어. 그렇게 해. 그리고…… 바인트에게는 이번 일만 잘해내면 다 용서해 주겠다고 전해."

마음을 굳힌 듯 레테어가 나직이 중얼거렸다.

"바인트 경이 감격해 눈물을 흘릴지도 모르겠습니다."

사울이 가볍게 웃으며 고개를 숙였.

모르는 사람에게는 그저 유치한 보상에 불과했지만 레테어를 끔찍이도 여기는 바인트에게는 이보다 더 큰 상이 없었다.

"뭐요? 지금 그게 기사인 나한테 할 소리요?"

처음 사울의 이야기를 전해들은 바인트는 펄쩍 뛰었다.

가뜩이나 기사랍시고 근엄한 척 굴고 있는 아놀드 때문에 신경질이 나던 차였는데 이곳에서 사고를 치라니.

하이델베르크 공작가의 기사로서 결코 받아들일 수 없는 제안이었다.

하지만 사울의 말은 다 끝난 게 아니었다.

"참고로 이건 레테어님의 뜻이기도 합니다."

"아가씨의…… 뜻?"

"네, 그리고 이번 일만 잘해내시면 그동안 있었던 모든 일을 용서해 주겠다고 하셨습니다."

"그, 그게 정말이오?"

레테어에게 용서받을 수 있다는 한마디에 바인트의 눈빛이 달라졌다.

레테어는 한 번 화가 나거나 삐치면 적어도 일 년간은 마음속에 담아두는 성격이었다.

그걸 잘 알면서도 에르비스에서만 두 번의 사고를 쳐 버린 탓에 바인트는 앞이 깜깜하던 차였다.

그런데 그 모든 잘못을 용서해 주겠다니? 바인트는 더 이상 머뭇거릴 이유가 없었다.

"내가 뭘 하면 되는 거요?"

바인트가 결연한 목소리로 말했다. 그 모습이 마치 홀로 적진을 뚫고 총사령관의 목이라도 벨 기세였다.

그러나 바인트가 너무 진지하게 나오면 사고가 아니라 일대 사건이 되어버리고 만다.

"일단 흥분을 가라앉히시고 그냥 지하 무투장의 관리인들과 가볍게 시비를 벌이십시오."

"시비? 어떻게?"

"그러니까……."

사울이 바인트의 귀에다 대고 미리 생각해 두었던 방법을 속닥거렸다.

"뭐 그 정도쯤이야."

바인트가 씩 웃었다. 그러더니 자신만만한 얼굴로 문을 박차고 나섰다.

3

"놈벨님!"

허락도 없이 요란스럽게 문이 열렸다.

"아, 깜짝이야!"

한창 대진표를 짜고 있던 놈벨의 얼굴이 와락 일그러졌다.

"제롭! 내가 맘대로 들어오지 말랬지?"

놈벨이 대번에 이맛살을 찌푸렸다.

가뜩이나 요새 마샤드가 시시해졌다는 말들이 많아서 신경이 곤두서 있었는데 중요한 순간에 방해를 받았으니 짜증이 나는 게 당연했다.

그러나 제롭도 이유도 없이 놈벨의 시간을 방해한 게 아니었다.

"지금 대진표를 짜실 때가 아닙니다."

"대진표를 짤 때가 아니라니? 뭔 일이라도 생긴 거야?"

"밖에 좀 나가보셔야겠습니다. 웬 미친놈이 글쎄 호위 무사들을 전부 때려눕히고 있습니다."

"뭐야?"

놈벨은 그 자리에서 벌떡 일어났다.

다른 곳도 아니고 에르비스에서 직접 관리하는 이곳에서 소란을 피우다니. 도저히 그냥 넘어갈 수가 없었다.

"붉은 로자르타 전사들을 준비시켜!"

놈벨이 주먹을 움켜쥐며 소리쳤다.

에르비스 기사단을 흉내내듯 붙인 이름이긴 했지만 그래도 전사들의 실력은 어지간한 소란쯤은 충분히 잠재울 수 있을 정도였다.

하지만 붉은 로자르타(로지아를 문 바르타, 에르비스의 상징) 전사들로 해결할 수 있는 상황이었다면 제룹이 이렇게 호들갑을 떨진 않았을 것이다.

"그놈들이야 진즉 내보냈죠!"

"뭐? 이 자식이 진짜! 누가 네 맘대로 내 호위 전사들을 부리래?"

"그럼 어떻게 합니까. 그 미친놈이 무작정 밀고 내려오는데 말입니다."

제룹이 어쩔 수 없었다며 말했다. 그러나 놈벨은 평소 제룹이 자신의 이름을 팔아 알게 모르게 권력을 행사하고 있다는 걸 잘 알고 있었다.

"됐고, 그럼 검은 로자르타 전사들 내보내."

놈벨이 단호한 목소리로 말했다.

붉은 로자르타 전사들이 깨지긴 했지만 그들보다 훨씬 강한 검은 로자르타 전사들이라면 충분할 거라 여겼다.

그러나 이번에도 제룹은 한숨만 내쉬었다.

"그놈들도 깨졌다니까요."

"뭐야?"

"검은 로자르타 전사들뿐만 아니라 은빛 로자르타 전사들과 금빛 로자르타 전사들도 전부 다 깨졌다고요. 그리고 제발 이런 촌스런 이름 좀 붙이지 마세요. 말하기도 낯간지러우니까."

제롭이 불만스럽게 중얼거렸다.

귀족가의 서자로 태어나 평생 귀족이 되길 갈망해 온 놈벨의 마음을 모르는 바는 아니지만 이딴 이름을 붙인다고 해서 그저 그런 호위 전사들이 기사가 되는 건 아니었다.

하지만 정작 놈벨은 제롭의 비아냥거림이 귀에 들어오지 않았다.

검은 로자르타 전사들에 이어 기사단만큼이나 아꼈던 은빛 로자르타 전사들과 금빛 로자르타 전사들마저 깨졌다는 소리에 넋이 나가 버린 것이다.

놈벨에게 있어 은빛 로자르타 전사들이나 금빛 로자르타 전사들은 단순한 호위 전사들이 아니었다.

에르비스로부터 지급받는 쥐꼬리만 한 관리대행비는 물론이고 불법 도박사들로부터 뜯어낸 막대한 비자금까지 쏟아부어 양성한 이들이었다. 그렇다 보니 그들에게 갖는 애착과 기대가 컸다.

그런데 그들이 전부 무너졌다니. 놈벨은 이 모든 게 마치 꿈처럼 느껴졌다.

그러나 지금은 한가롭게 충격에 빠져 있을 때가 아니었다.

"놈벨님! 정신 차리세요! 지금 그놈이 요 앞까지 와 있다니까요!"

제롭이 악을 써댔다. 그의 신경질적인 목소리가 놈벨을 감정의 수렁에서 건져 올렸다.

"대체 누구야? 누구기에 이 소란을 피우는 거야?"

뒤늦게 정신이 든 놈벨이 질근 입술을 깨물었다.

이곳은 에르비스에서 직접 운영하는 지하 무투장이었다. 돈 많은 상인이 사사로이 만든 곳이 아니었다.

그러자 제롭이 답답하다는 투로 말했다.

"지금 그게 중요한 게 아니지 않습니까!"

누군지 따져봐야 둘 중 하나였다.

이곳이 어떤 곳인 줄 모르고 설친 미친놈이거나 아니면 어떤 곳인 줄 알면서도 설친 미친 놈. 어느 쪽이든 위험한 상대임에 틀림없었다.

이 상황에서 할 수 있는 최선은 미친놈이 더 미친 짓을 저지르기 전에 말리는 것이다.

분명 뭔가 바라는 게 있어서 일을 벌였을 터. 그게 무엇인지 알아내는 게 먼저였다.

그러기 위해서는 지하 무투장의 총관리인인 놈벨이 나서 줘야 했다.

"젠장할!"

놈벨은 다시 입술을 깨물었다. 지금껏 지하 무투장을 관리해 오면서 수많은 일을 겪어 왔지만 이토록 당혹스러웠던 적은 처음이었다.

이 모든 게 다 저기 서 있는 제롭 때문이었다.

일찌감치 소란을 알았다면 은빛 로제르타 전사들과 금빛 로제르타 전사들이 다치기 전에 일을 마무리 지을 수 있었을 것이다.

그랬다면 아끼는 전사들이 자존심에 상처를 입지도 않았을 것이다.

'저놈을 잘라 버리던가 해야지.'

놈벨의 입가를 타고 한탄 섞인 한숨이 흘러나왔다. 하지만 이제 와 후회해 본들 달라지는 건 아무것도 없었다. 어쨌든 지금은 상황을 수습할 때였다.

"앞장서."

놈벨이 힘겹게 결단을 내렸다.

"얼른 오십시오."

제롭이 늦었다며 놈벨을 재촉했다.

4

'설마 다 깨진 건 아니겠지.'

집무실을 나서면서도 놈벨은 희망의 끈을 놓지 않았다.

평소에도 제롭은 대수롭지 않은 일을 대단한 사건으로 둔갑시키는 데 재주를 가지고 있었다.

어쩌면 이번에도 상황을 부풀린 것일지도 모른다는 생각이 들었다.

붉은 로제르타 전사들과 검은 로제르타 전사들과는 달리 은빛 로제르타 전사들과 금빛 로제르타 전사들은 마나를 느끼는 자들이었다.

제대로 된 마나 익스핀(마나를 축적하고 활용할 수 있는 방법)을 익히지 못한 탓에 오러를 생성해 내지는 못했지만 그 몸놀림만큼은 일반 호위 전사들과 수준이 달랐다.

놈벨이 상급 전사라 분류한 그들은 은빛 로제르타 전사단과 금빛 로제르타 전사단을 더해 오십에 달했다.

그 정도면 마스터 급 기사까진 무리더라도 어지간한 정규 기사쯤은 충분히 상대할 수 있었다.

'마스터가 이런 곳에서 난리를 칠 리는 없으니 보나마나 허풍이겠지.'

놈벨은 애써 흥분을 가라앉혔다. 어떻게 키운 전사들인데. 안색을 되찾은 그의 입가를 타고 근거 없는 자신감이 흘렀다.

하지만 정작 현장은 제롭이 말한 것보다 더 참담하기만 했다.

"크윽!"

"제길!"

사방에 쓰러진 채 신음을 흘려대는 수십 명의 전사. 그리고 그 한가운데 서서 매섭게 눈을 빛내는 한 명의 사내.

"저, 저놈입니다!"

사내와 눈이 마주치기가 무섭게 제롭이 냉큼 놈벨의 등 뒤로 숨었다.

자연스럽게 사내의 날선 시선이 충격으로 정신을 차리지 못하는 놈벨에게 날아들었다.

"어떻게 좀 해보십시오!"

제롭이 놈벨의 등을 떠밀며 말했다.

조금 전까지만 해도 열댓 명은 버티고 있었는데 잠깐 사이 전부 나가 떨어져 버렸다.

이제는 놈벨이 나서는 것 이외에 다른 방법이 없었다.

그러나 놈벨도 쉽게 발이 떨어지지 않았다. 건장하다 못해 무식해 보이기까지 하는 거구의 기사를 상대해야 하는 것 자체가 끔찍하기만 했다.

만일 사내가 악의를 가지고 일을 벌인 것이라면 놈벨도 무사치는 못했을 것이다.

하지만 사내에게 주어진 명령은 사고를 쳐서 지하 무투장의 총관리인을 끌어내라는 것이었다.

'저자인가 보군.'

손등으로 입가에 흐르는 피를 닦아내며 사내, 바인트가 눈을 빛냈다.

그렇지 않아도 거듭된 싸움으로 진이 빠지던 차였다.

제아무리 마스터를 눈앞에 둔 기사라 해도 검이 아닌 순수한 체술만으로 백여 명의 전사를 상대한다는 건 쉽지 않은 일이었다.

그러나 맨손으로 이 같은 살풍경을 만들어 내기란 설사 마스터라 하더라도 쉬운 일이 아니었다.

꿀꺽.

어렵게 정신을 차린 놈벨이 마른침을 삼켜댔다.

뭐라도 말을 해야 하는 상황이었지만 괴기스러운 바인트의 모습을 보고 있자니 좀처럼 입이 떨어지지 않았다.

그러자 기다리다 못한 바인트가 먼저 한 발 앞으로 나섰다.

"그대가 여기 책임자인가?"

"그, 그렇소만……."

"그렇다면…… 따라와라."

살짝 미간을 찌푸리던 바인트가 휙 하고 몸을 돌렸다.

분명 사울이 어떤 식으로 말을 해야 하는지 가르쳐 주긴 했는데 정신없이 싸우다 보니 전부 까먹고 말았다.

그런줄도 모르고 바짝 얼어붙어 버린 놈벨은 부들부들 떨며 바인트의 뒤를 힘겹게 좇아야 했다.

5

"대체 무슨 짓을 한 겁니까?"

창백하다 못해 파리해진 놈벨을 바라보며 사울이 이맛살을 찌푸렸다.

대체 얼마나 큰 사고를 쳤는지 지하 무투장의 총관리인이라는 자가 제대로 허리조차 펴지 못하고 있었다.

"난 시키는 대로 했을 뿐이오."

바인트가 뻔뻔스럽게 굴었다.

예상보다 많은 전사를 때려눕히며 무력시위를 하긴 했지만 그뿐이었다. 그중에 누구도 목숨을 잃지 않았으니 딱히 거리낄 것도 없었다.

하지만 총관리인을 저렇게 겁에 질리게 만들어서야 제대로 된 대화가 가능할 리 없었다.

"어쨌든 레테어님을 모셔 올 테니 조용히 계십시오."

사울이 바인트에게 단단히 주의를 주었다.

자신이 잠시 자리를 비우는 사이 분위기가 더 험악해져서는 곤란했다.

그러나 레테어에게 어떻게든 잘 보이고 싶었던 바인트는 또 쓸데없는 짓을 저지르고 말았다.

"놈벨이라고 했소?"

"그, 그렇습니다. 기사님."

"이제 곧 우리 아가씨가 오실 테니 말씀 잘하쇼. 아셨소?"

"여, 여부가 있겠습니까."

놈벨은 깊숙이 허리를 굽혔다.

바인트가 지칭하는 아가씨가 누구인지는 모르겠지만 기사를 보면 주인을 아는 법. 보나마나 사악한 인간일 게 틀림없다고 여겼다.

그리고 아마도 대단한 가문을 배경으로 두고 있을 터였다. 그렇지 않고서야 저토록 무시무시한 기사를 호위 기사로 부릴 리가 없었다.

'젠장.'

긴장감에 놈벨은 손발이 후들거렸다. 그러면서도 그는 에비앙에 도움을 청할 생각을 하지 않았다.

총관리인이란 지하 무투장을 무탈하게 관리해야만 하는 자였다.

이런 일 하나 해결하지 못했다는 사실이 전해진다면 능력 부족으로 총관리인의 자리에서 잘리게 될 게 뻔했다. 그게 자유 영지 에르비스의 규칙이었다.

하지만 잠시 후 나타난 문제의 아가씨는 생각했던 것만큼 사악한 인간이 아니었다.

그보다는 사랑에 눈이 멀어 막무가내가 되어버린 철부지 소녀에 가까웠다.

"그러니까…… 그분이 원하는 노예를 구매하고 싶다는 말씀이신가요?"

"맞아."

레테어가 단호한 목소리로 말했다. 그렇게 하면 자신의 정체를 들키지 않고 칼릭스가 원하는 노예를 얻을 수 있을 것이라 여겼다.

그러나 놈벨도 바보는 아니었다. 레테어가 말하는 그분이라는 게 동경 이상의 대상을 의미한다는 사실을 모르지 않았다.

아니, 그분이라는 단어를 입에 올릴 때마다 저토록 눈을 반짝거리는데 모른 척하고 싶어도 그럴 수가 없었다.

게다가 그분 몰래 그분이 원하는 노예를 사고 싶어 하는 이유도 뻔했다.

그분이란 자에게 환심을 사고 싶다는 의미였다.

'고작 그런 이유로…….'

놈벨은 그저 헛웃음만 났다.

상대가 차라리 사악하기라도 했으면 분이라도 치밀었을 텐데 명색이 총관리인인 자신을 불러다놓고 고작 저런 요구를 하는 걸 보니 화도 나지 않았다.

물론 이제 와 레테어의 말이 우습게 들리진 않았다.

여전히 그녀의 뒤에는 자신이 애써 양성한 전사들을 박살 내버린 바인트가 두 눈을 시퍼렇게 뜨고 서 있었다.

그렇다고 해서 이대로 레테어에게 끌려다닐 수는 없는 노릇이었다.

레테어가 원하는 걸 알았으니 이제는 그에 합당한 무언가를 받아내야 했다. 그것이 에르비스의 규칙이었다.

"그분께서 원하시는 노예에 대해 구체적으로 말씀해 주시겠습니까?"

놈벨이 레테어를 올려다보며 물었다. 그러자 레테어가 살짝 미간을 찌푸렸다.

"그야 최고의 노예 아니겠어?"

"그러니까 어떤 최고의 노예를 말씀하시는지……."

"당신 바보야? 최고라는 말 몰라? 당연히 가장 강한 노예란 소리잖아."

레테어는 지하 무투장에서 열리는 마샤드가 철저하게 조작되고 있다는 사실을 알지 못했다.

그렇다 보니 총관리인에게 가장 강한 노예를 요구하면 내줄 것이라고 생각했다.

하지만 레테어가 원하는 최고의 노예란 놈벨이 어떤 대진 표를 짜느냐에 따라 달라졌다.

게다가 우승을 다툴 만한 무투 노예들의 실력은 엇비슷하기 때문에 딱히 누군가를 최고라고 꼽기도 어려웠다.

"그래도 그분의 취향이라는 게 있지 않겠습니까?"

놈벨이 영리하게 표현을 바꿨다.

사람마다 성격이 다르듯 취향이 다를 수밖에 없었다.

제아무리 최고의 노예라 해도 덩치 큰 노예는 질겁하는 귀족에게 거인족 노예를 선물할 수는 없는 노릇이었다.

"흠⋯⋯. 그건 미처 생각 못했네."

레테어가 다시 미간을 찌푸렸다. 그러더니 조언을 구하듯 사울을 바라봤다.

그러나 사울이라고 해서 칼릭스의 취향을 알 리 없었다.

"아무래도 아가씨께서 직접 물어보시는 편이 좋을 거 같습니다."

"직접 물어보라고? 그러다 눈치채면 어떻게 해?"

"그러니 눈치채지 않게 넌지시 물어보셔야죠."

"쳇."

레테어가 입술을 삐죽거렸다.

그깟 노예 하나 사는데 뭐가 이리도 복잡한지 이해가 가질 않는다는 표정이었다.

하지만 칼릭스는 그녀가 주는 선물이라면 무조건 고맙게 받아들일 만한 성격이 아니었다.

칼릭스의 환심을 사고 싶다면 그가 원하는 걸 선물하는 편이 옳았다.

"알았으니까 잠깐만 기다려."

레테어는 다시 칼릭스가 쉬고 있는 방으로 돌아왔다. 그리고는 아무렇지도 않은 얼굴로 중얼거렸다.

"그런데 왕자님은 어떤 노예가 좋아요?"

"어떤 노예라니? 당연히 강한 노예지."

"물론 강하면 좋겠지만 무투 노예도 다양하잖아요."

"그래서?"

"그러니까 어떤 노예를 곁에 두고 싶으시냐고요!"

순간 욱 하고 언성을 높였던 레테어가 아차 하는 표정을 지었다.

칼릭스 앞에서는 좋은 모습만 보이려 해도 자신도 모르게 감정적이 되는 걸 어쩔 수가 없었다.

그러나 칼릭스는 그런 레테어가 왠지 밉지 않았다. 오히려 레테어의 서툰 유도 심문에 절로 입가가 꿈틀거렸다.

레테어가 자신을 위해 무슨 일을 꾸민다는 사실을 알면서도 칼릭스는 일부러 모르는 척하려 했다.

그게 무엇인지는 모르겠지만 자신에게 해가 되지는 않을 것 같다는 생각이 들어서였다.

하지만 이렇게 대놓고 내색해서야 더는 모르는 척해 줄 수가 없었다.

"그걸 왜 물어보는 건데?"

칼릭스가 단도직입적으로 물었다. 그러자 잠시 입술을 꼼지락거리던 레테어가 솔직히 고백했다.

"그야…… 왕자님이 무투 노예를 원하시니까요."

"고작 그게 다야?"

"그리고 전…… 왕자님이 원하시는 노예를 사드리고 싶으니까요."

어렵사리 본심을 내뱉은 레테어의 목소리가 바닥까지 기어들어갔다.

제아무리 당찬 아가씨라 하더라도 연애의 감정 앞에서는 감히 당당해 질 수가 없는 모양이었다.

'귀여운 구석이 있었네.'

칼릭스는 피식 웃음이 났다. 자신을 제대로 처다보지도 못한 채 얼굴을 붉히는 레테어의 모습이 왠지 모르게 귀엽고 사랑스럽게 느껴졌다.

아흔아홉 번의 전생을 통해 듣고 겪어 온 레테어는 강인한 여자였다.

여자로 태어났지만 하이델베르크 공작의 피를 가장 많이 물려받았다는 평가를 받을 정도였다.

그렇다 보니 레테어는 현실에 안주하려 하지 않았다. 매번 새로운 인생을 살려 노력한 자신만큼이나 다양한 선택을 했다.

비록 그 선택이라는 게 다양한 남편을 고르는 것에 불과했지만 황실과 레이노크 대공가는 물론이고 수많은 유력 귀족 중 레테어의 마음을 꾸준히 사로잡은 가문은 한 곳도 없었다.

그래서 칼릭스는 가급적이면 레테어와 적당히 선을 그으려 했다.

훗날 그녀가 어떤 가문과 어떻게 연결될지 가늠조차 되지 않는 상황에서 자신을 향한 감정이 호감을 넘어 집착이 되는 걸 막고 싶었다.

어쩌면 레테어의 집착이 훗날 자신의 발목을 붙잡을지도 몰랐다.

실제 역사를 살펴보아도 치정으로 인해 인생을 망치는 귀족들은 손으로 셀 수도 없이 많았다.

그러나 지금 눈앞의 레테어가 보여주는 건 집착이라기보다는 때 묻지 않은 순정처럼 느껴졌다.

마치 운명 같은 건 핑계일 뿐 결국은 소녀로서 순수한 사랑을 하고 싶었던 것처럼 말이다.

'하긴. 이제 얼마 남지 않았겠지.'

칼릭스는 레테어의 심정이 얼핏 이해가 갔다.

귀족가에서 태어난 대부분 영애는 동화와 같은 사랑을 꿈꾸지만 정작 나이를 먹게 되면 사랑보다 가문의 이익을 위해 연애를 하고 결혼을 해야 한다는 현실과 직면하게 된다.

그 거부할 수 없는 운명은 레테어라고 해서 예외일 수 없었다.

하이델베르크 공작가라는 거대한 가문에서 태어난 만큼 남들보다 조금 더 자존감을 지킬 수는 있겠지만 그뿐이었다.

결국에는 레테어 또한 남들과 같은 길을 걸어가게 될 터였다.

칼릭스는 가만히 레테어를 바라봤다.

어쩌면 지금 이 순간이야말로 레테어의 인생에서 가장 아름답고 행복한 시기인지도 몰랐다.

그리고 이 순간에 다른 사람도 아닌 자신에게 무언가를 해 주려 하는 레테어가 솔직히 고마웠다.

만일 이 생이 첫 번째 생이었다면 칼릭스는 레테어에게 마음을 빼앗겨 버렸을지 몰랐다.

그러나 애석하게도 칼릭스는 레테어가 모르는 수백여 번의 연애를 겪은 뒤였다.

그렇다고 연애 경험이 풍부한 바람둥이들처럼 레테어의 마음을 희롱하고 싶진 않았다.

현재 칼릭스는 열한 살의 몸에 머물러 있다. 그리고 어쩌면 레테어는 이 순간을 평생 추억하고 곱씹으며 살아가게 될지 몰랐다.

레테어와의 인연을 장담할 수는 없지만 그녀의 마음을 가볍게 여긴다면 평생 벌을 받게 될 것 같았다.

"노예 살 돈은 나도 있어."

칼릭스가 조금 누그러진 목소리로 말했다. 그 변화를 느낀 듯 레테어의 표정이 금세 밝아졌다.

"알아요. 하지만 돈만 있다고 해서 원하는 노예를 살 수 있는 건 아니잖아요."

운명의 상대를 기다리며 지하 무투장에 머물면서 레테어는 하릴없이 시간만 보냈던 건 아니었다.

어떤 식으로 운명의 상대를 만나게 될지 알 수 없다 보니 지하 무투장에 대해 많은 걸 이해하려고 노력했다.

일반적으로 지하 무투장의 노예 경매는 마샤드를 통해 이루어진다.

본선에 오른 열여섯 명의 노예를 대상으로 매 경기가 끝날 때마다 간이 경매가 이루어지는데 그때 가장 많은 금액을 제시한 참가자가 구매 자격을 얻게 되는 것이다.

그렇다 보니 우승한 노예를 차지하기 위한 경쟁은 상상을 초월했다.

참가자들의 시선을 한눈에 사로잡을 만큼 압도적인 실력을 선보일 경우 몸값은 수만 골드까지 치솟았다.

이런 상황에서 칼릭스가 원하는 노예를 얻는다는 건 쉬운 일이 아니었다.

필연적으로 경쟁을 거칠 수밖에 없는 구조다 보니 여차하면 돈 많은 누군가에게 빼앗기게 될 수 있었다.

게다가 많은 돈을 제시했다고 해서 그 노예를 얻을 수 있는 것도 아니었다.

마샤드의 본선에 진출한 노예들 중 매 경기의 승자에게는 주인을 선택할 수 있는 권리가 주어졌다.

지나치게 경쟁이 과열되어 지하 무투장에서 경매 제한을 내릴 경우 노예는 최고액 참가자들 중에 가장 마음에 드는 주인에게 몸을 의탁할 수 있는 것이다.

지하 무투장의 무투 노예들이 목숨을 걸고 싸우는 건 단순히 지하 무투장을 배불리기 위해서가 아니었다.

자신의 능력을 인정받고 좋은 주인을 만나 결국에는 노예의 신분에서 벗어나길 바라서였다.

게다가 승자는 주인을 고르지 않고 다음 경기에 진출하거나 다음 대회로 선택을 미룰 수도 있었다.

막대한 돈을 쏟아부어 참가자들 간의 경쟁에서 우위를 차지했다 하더라도 노예의 선택을 받지 못하면 결국 적잖은 경매비만 날리게 되는 것이다.

그래서 레테어는 뒷돈을 주면서까지 능력 있는 노예를 빼돌리려 했다

어차피 그 노예를 빼낸다 해서 지하 무투장에서 크게 손해

보는 건 없었다.

노예 하나 빠졌다고 해서 마샤드가 열리지 않는 건 아니었다.

결국 열여섯 명의 노예가 본선에 오를 테고 그들 중 누군가는 우승을 하게 될 것이다.

그리고 그 과정에서 지하 무투장은 막대한 경매비와 노예 판매 대금을 챙기게 될 터였다.

"제가 도울게요."

레테어가 간절해진 눈으로 말했다. 칼릭스가 허락하지 않아도 도울 생각이었지만 이렇게 된 이상 자신의 마음을 제대로 전하고 싶었다.

"흠……."

칼릭스는 나직이 신음했다. 원하는 노예를 구해 주겠다는 레테어의 마음을 모르진 않지만 썩 달가운 일은 아니었다.

칼릭스가 원하는 건 실력을 인정받은 무투 노예였다. 최소한 본선에 오른, 그래서 누가 보더라도 함부로 무시하지 못할 그런 노예였다.

시간이 지나 모두 앞에 당당해질 수 있을 때까지는 남들의 시선을 의식하며 살아야 했다. 그것이야말로 목숨을 부지할 수 있는 유일한 방법이었다.

그렇다고 해서 레테어의 마음을 거절하고 싶진 않았다. 그럴 처지도 아니었다.

계획대로 바쉬만 노렸다면 또 모르겠지만 파투까지 욕심이 나는 상황이었다.

파투를 노려 타르샤를 얻는 과정에서 마르쿰의 금화를 하나 사용한 만큼 둘 중 한 명을 놓치게 될 수 있다는 가능성도 배제하기 어려웠다.

아사드 상단을 나설 때까지만 해도 칼릭스는 타르샤를 이용해 파투를 조종할 생각을 가졌다.

파투가 어째서 아직까지 재활용 노예 수준에 머무르고 있는지는 모르겠지만 타르샤가 무사하고 자신을 주인으로 섬기고 있다는 사실을 알게 된다면 본선 두 번째 경기에서 어렵지 않게 손에 넣을 수도 있을 것이라 여겼다.

하지만 바쉬는 달랐다.

파투와는 달리 바쉬는 연결점이 없었다. 바쉬가 덜컥 우승이라도 할 경우에는 그만큼 경쟁이 치열해질 수밖에 없었다.

바쉬 한 명에게 마르쿰의 금화를 전부 사용할 수 있다면 또 모르겠지만 그가 자신을 선택할지에 대해서는 확신하기 어려웠다.

게다가 아사드 상단의 특별 경매처럼 마르쿰의 금화를 가진 자가 또 나타나지 말라는 보장은 어디에도 없었다.

'결국 마르쿰의 금화 두 개로 둘을 잡을 수 있느냐는 건

데…….'

잠시 고심하던 칼릭스의 시선이 애달픈 레테어에게 향했다.

마르쿰의 금화, 노예의 선택, 예상치 못한 경쟁자의 등장.

실제로 변수가 많은 상황이었다. 이런 때에 레테어의 도움을 받는다면 바쉬와 파투를 모두 손에 넣는 것도 불가능한 일은 아닐 것 같았다.

그렇다고 레테어에게 무조건적인 도움을 받는 것도 위험한 일이었다.

불확실한 미래에 대비하기 위해서라도 레테어 역시 무언가를 얻어가도록 만들어야 했다.

'이번 일에 누군가 끼어들어 줬으면 좋을 텐데.'

잠시 고심하던 칼릭스의 머릿속으로 누군가의 얼굴이 떠올랐다.

리후라드 후작.

자신에게 타르샤를 빼앗겨 분노하고 있을 그라면 괜찮은 상대가 되어줄 것 같았다.

15장

지하 무투장 Part 3

1

"롬벨이라고 합니다."

칼릭스에게 고개를 숙이는 놈벨의 표정은 편치 않았다.

조금 전까지만 해도 놈벨은 레테어를 구워삶을 생각에 신이 나 있었다.

레테어가 대단한 가문 출신이라 할지라도 사랑에 빠진 여자를 상대하는 건 그리 어렵지 않은 일이었다.

오히려 자신을 모질게 대한 것까지 더해 충분한 이익을 챙길 생각이었다.

그런데 갑작스럽게 그 상대가 칼릭스로 바뀌어 버렸다. 그것도 일을 벌인 레테어는 쏙 빠진 채 말이다.

레테어가 그분이라 칭하던 자를 직접 만나게 된다는 건 상황이 달라졌다는 소리다.

그분이란 자가 모든 걸 알게 됐으며 이 문제에 직접 나서겠다는 의미나 다름없었다.

'라인하르트의 왕자라고 했던가?'

조심스럽게 고개를 들어 올리면서도 놈벨은 칼릭스를 유심히 살폈다.

레테어만큼이나 앳된 외모였지만 그는 겉모습에 현혹되지 않았다. 어쩌면 나이답지 않은 능구렁이일지도 모를 일이었다.

그런 놈벨의 경계 어린 눈빛을 읽은 것일까. 칼릭스가 슬쩍 입가를 비틀어 올렸다.

"서로 시간이 여유로운 건 아닐 테니 본론부터 말하지."

"그렇게 하십시오."

칼릭스의 입에서 소년답지 않은 말투가 나왔지만 놈벨은 크게 신경 쓰지 않았다.

그저 나이가 어리다는 이유로 무시당하지 않으려는 발버둥 정도로 여겼다.

그러나 칼릭스의 입에서 흘러나온 이야기들은 놈벨을 점점 당혹스럽게 만들어갔다.

"에바가 말했던 것은 잊어 줬으면 좋겠어."

"그렇다면…… 본선을 통해 노예를 구입하실 생각이십니까?"

"보다시피 내가 어려서 말이야. 마샤드에서 우승한 노예를 데리고 다닌다면 조금 더 낫지 않겠어?"

"아무래도 보는 눈들이 있으니까요."

"말이 잘 통해서 좋네. 일단 내가 원하는 노예는 하나가 아니라 둘이야."

"두…… 명이요?"

"그래, 바쉬와 파투. 어때? 가능하겠어?"

칼릭스는 놈벨에게 거침없이 속내를 드러냈다.

놈벨을 완전히 믿긴 일렀지만 어차피 대진표를 짜는 건 총관리인의 몫이었다.

놈벨의 도움 없이는 계획대로 바쉬와 파투를 손에 넣기가 불가능했다.

게다가 놈벨을 끌어들이기 위해서는 어느 정도 신뢰하고 있다는 모습을 보여 주어야 했다. 그래야만 놈벨도 보다 적극적으로 나설 수 있었다.

"파투라면 모르겠습니다만 바쉬는 경쟁이 치열할 겁니다."

놈벨이 미간을 찌푸리며 말했다.

솔직히 파투도 재활용 노예치고는 아까운 녀석이었지만 바쉬는 에르비스에서 수많은 귀족이 탐내는 최고의 싸움꾼이었다.

게다가 바쉬는 이미 지난 두 번의 마샤드에서 우승을 한 상태였다.

보다 높은 몸값을 받아내기 위해 일부러 주인 선택을 미루게 했지만 이번까지 우승을 하게 되면 더 이상은 지하 무투장에 붙잡고 있기 어려웠다.

세 번 연속으로 마샤드에서 우승을 한 노예는 무조건 지하 연무장을 내보내야 한다는 규칙 때문이었다.

물론 바쉬가 이번에도 우승을 한 뒤에 주인을 선택하지 않고 자유롭게 풀려나게 될 수도 있었다. 하지만 실제로 그럴 가능성은 높지 않았다.

덩치가 큰 만큼 생각은 굼뜬 거인족들과는 달리 바쉬는 제법 영악한 편이었다.

그가 놈벨의 제안을 받아들인 것도 자신의 가치를 인정해 줄 보다 좋은 주인을 찾기 위해서였다.

'과연 왕자가 바쉬의 마음을 사로잡을 수 있을까?'

놈벨은 불안한 눈으로 칼릭스를 훑어 내렸다.

라인하르트 왕국의 왕자라 하지만 결국 제국의 귀공으로 끌려가는 신세였다.

제국은 물론이고 대륙 각국의 고위 귀족들의 관심을 끌어온 바쉬라면 칼릭스를 선택할 리 없었다.

"내가 바쉬의 주인이 되긴 어렵다고 여기는가 보군."

놈벨의 속내를 읽은 듯 칼릭스가 나직이 코웃음을 쳤다.

그러자 놈벨이 불순한 눈빛을 숨기듯 듯 냉큼 고개를 숙였다.

칼릭스도 놈벨이 걱정하는 바를 모르지는 않았다. 자신보다 나약한 주인은 섬기지 않는 거인족의 특성 상 지금의 자신이 바쉬의 성에 찰 리 없었다.

하지만 칼릭스는 굳이 서두를 생각이 없었다.

그렇다고 강제로 복종하게 만들고 싶지도 않았다.

언제고 바쉬가 자신의 진면목을 알게 된다면 그때 충성을 받아도 늦지 않았다. 그리고 바쉬의 인정을 받을 자신도 있었다.

그전까지는 그저 호위 노예로 자신의 옆을 든든히 지켜주는 것만으로도 충분했다.

"내 걱정은 말고 그대의 생각을 말해봐. 가능하겠어?"

칼릭스가 다시 물었다. 바쉬의 선택을 떠나 일단은 놈벨의 의사가 더 중요했다.

"어차피 바쉬가 이번에도 우승을 하게 되면 내보내야 하는 상황입니다."

놈벨이 에둘러 대답했다. 바쉬가 우승을 하게 되면 그때부터는 참가자들간의 경쟁만이 남을 뿐이다.

최고 참가금을 제한해서 칼릭스를 도울 수는 있겠지만 그뿐이었다. 최종 선택은 결국 바쉬에게 달려 있었다.

그러나 칼릭스는 놈벨과 생각이 달랐다.

"바쉬는 우승 못해."

예측이나 예언이 아니라 마치 확신이라도 하듯 단언했다.

"그럴 리 없습니다!"

놈벨이 자신도 모르게 언성을 높였다. 이변이 없는 한 이번 마샤드의 우승자도 바쉬였다.

몸값만 아니었다면 어떻게든 금빛 로자르타 전사단에 들여다 놓고 싶을 정도였다.

그런데 우승을 하지 못할 거라니. 놈벨은 칼릭스가 바쉬의 실력도 모르면서 함부로 떠들어댄다고 여겼다.

하지만 정작 칼릭스는 빙긋 웃기만 했다. 뭘 모르는 건 놈벨이라는 듯 말이다.

"바쉬는…… 이미 마샤드에서 두 번이나 우승을 했습니다."

애써 분을 삼키며 놈벨이 퉁명스럽게 주절거렸다.

한 번 우승하기도 힘든 마샤드에서 두 번 연속 우승한다는 건 결코 쉬운 일이 아니었다. 그만큼 뛰어난 실력 없이는 불가능한 일이었다.

그러나 칼릭스의 생각은 달라지지 않았다.

"알아. 하지만 그때는 파투가 없었잖아, 안 그래?"

칼릭스가 내뱉은 파투라는 단어가 놈벨의 귓가에 꽂혀 들었다. 그 순간 놈벨의 눈가가 잔뜩 일그러졌다.

만일 칼릭스가 다른 누군가를 들먹였다면 놈벨은 코웃음을 쳤을 것이다.

하지만 파투라면, 녀석이 진짜 실력을 드러낸다면 완전히 불가능한 이야기도 아니었다.

놈벨은 파투를 처음 만났을 때를 아직도 잊지 못했다.

호리호리하다 못해 말라비틀어진 몸을 가지고도 덩치 큰 무투 노예들을 순식간에 쓰러뜨린 파투의 실력은 지하 무투장에서도 첫손에 꼽힐 정도였다.

특히나 평소에는 무표정하다가도 실전만 들어가면 날카롭다 못해 흉포해지는 그의 눈빛은 진정한 야수족 전사의 모습을 보여주고 있었다.

그러나 정작 마샤드에 나가기만 하면 파투는 달라졌다.

예선까진 치열하게 싸워 올라갔지만 본선에만 서면 어울리지 않은 가면을 뒤집어쓴 채로 상대와의 대결을 피했다.

그러면서도 틈만 나면 고개를 돌려가며 관객들을 힐끔거렸다.

마치 관객들 사이에서 누군가를 찾기라도 하듯 말이다.

그래서 놈벨은 파투의 버릇을 고치고자 마샤드 본선 진출을 금지했다.

그렇다고 내버리지도 않았다. 파투가 정신만 차린다면 제2의 바쉬가 될 수 있겠다고 여겼기 때문이다.

물론 상당한 운이 따라야겠지만 지친 바쉬와 멀쩡한 파투를 맞붙인다면 경기 결과가 어떻게 나올지는 쉽게 예측하기 어려웠다.

문제는 파투를 어떻게 진심으로 만드느냐는 것인데 왠지 칼릭스가 그 답을 가지고 있는 것처럼 보였다.

"그러니까 공자님 말씀은 본선 두 번째 경기에서 바쉬와 파투를 맞붙게 하자는 말씀이십니까?"

놈벨이 어렵지 않게 칼릭스의 속내를 꿰뚫었다. 바쉬의 우승을 막고 그를 보다 손쉽게 얻기 위해서는 본선 두 번째 경기에서 떨어뜨리는 게 최선이었다.

"그래."

칼릭스가 선선히 고개를 끄덕였다.

그것이야말로 지금 생각할 수 있는 최선이었다. 하지만 놈벨은 달갑지 않은 표정이었다. 그럴 경우 상당한 손해를 감수할 수밖에 없기 때문이다.

현재 지하 무투장에서 내부적으로 판단한 바쉬의 몸값은

최소 20만 골드에 달했다.

충성심 좋은 거인족에 마샤드 3회 연속 우승이 확실시되는 실력 있는 무투 노예를 손에 넣을 기회란 결코 흔한 게 아니었다.

그러나 정말로 바쉬가 8강전에서 무너질 경우에 그 가치는 절반 이하로 떨어질 게 뻔했다.

그렇다고 해서 바쉬를 짓밟고 올라간 파투의 가치가 그만큼 상승하는 것도 아니었다.

현재 파투의 몸값은 5천 골드 수준이었다.

드러나지 않은 실력까지 감안해도 1만 골드면 손해 보는 장사는 아니었다.

그런 파투가 바쉬의 떨어진 몸값을 메워주기 위해서는 적어도 바쉬처럼 두 번의 우승을 차지해줘야 했다.

당연히 그때까지는 지하 무투장에 묶여 있어야 했다.

하지만 칼릭스의 표정으로 봐서는 그걸 용납할 것 같지 않았다.

결국 파투가 우승할 수 있는 기회는 이번 한 번뿐이다. 그로인해 치솟을 몸값은 후하게 잡아도 5만 골드 정도에 불과했다.

'이건 아니야.'

놈벨이 속으로 고개를 흔들었다. 그의 입장에서는 통제가 어려운 파투보다 바쉬를 우승시키는 편이 훨씬 나았다.

본래 제아무리 가치 있는 노예라도 통제하기 어려우면 웃돈을 받고 파는 게 노예 시장의 생리였다.

파투의 잠재력이 아깝긴 했지만 그건 어디까지나 가능성일 뿐이었다. 기대보다 못할 수도 있고 파투보다 더 뛰어난 녀석이 나타날 수도 있었다.

게다가 금전적으로 계산해도 마찬가지였다. 바쉬를 통해 받아 낼 20만 골드에 8강에 올린 파투의 몸값 2만 골드를 더하면 최소한 22만 골드였다.

경쟁이 치열해질 경우 30만 골드 이상도 충분히 바라볼 수 있었다.

하지만 파투가 우승하고 바쉬가 8강에서 떨어질 경우에는 많이 받아 봐야 20만 골드를 넘기기 어려울 것 같았다.

간단히 계산을 해도 최소 10만 골드나 손해 보는 장사였다.

그걸 단숨에 만회한다는 건 수완 좋은 놈벨도 쉽지 않았다.

문제는 그것뿐만이 아니다.

바쉬가 떨어질 경우에는 좋지 않은 선례를 남기게 될 수 있었다.

마샤드가 생긴 이래 지금껏 2번 연속 우승을 한 노예는 바쉬를 제외하고 세 명이었다.

그리고 그들은 약속이나 한 것처럼 세 번째 우승도 차지했다.

그것이 놈벨을 비롯해 많은 이가 바쉬의 이번 우승을 확신하는 또 다른 이유였다.

그런데 바쉬가 세 번째 우승의 문턱에서 떨어진다면 연속 우승의 법칙도 깨지고 그에 따른 기대치도 무너지게 될 것이다.

자연스럽게 승부를 조작해 몸값을 끌어올리는 게 어려워진다.

이 모든 걸 감안했을 때 손실은 10만 골드를 한참 상회했다.

그걸 단순히 우락부락하게 생긴 기사 하나에 겁을 먹고 받아들인다는 건 있을 수 없는 일이었다.

그러나 칼릭스도 놈벨에게 무조건적인 희생을 강요할 생각은 없었다. 그랬다면 레테어를 설득해 놈벨을 따로 만나지도 않았을 것이다.

"본선에서 경매 규칙을 바꾸는 거 어때?"

복잡해진 놈벨을 바라보며 칼릭스가 넌지시 말했다.

"경매 규칙을 바꾸다니요?"

순간 놈벨의 표정이 달라졌다. 칼릭스의 말 속에서 손해를 보전해 주겠다는 의지를 읽어낸 것이다.

"조금 전에 아사드 상단에 다녀왔는데 거긴 경매 규칙이 재밌더군."

칼릭스가 에둘러 말했다. 그 정도만 말해줘도 놈벨이라면 충분히 알아들을 것이라 여겼다.

아니나 다를까.

"아사드 상단이라 하시면…… 혹시 특별 경매 말씀이십니까?"

놈벨이 단숨에 요점을 파악했다.

"그래, 보니까 거긴 경매 참여금을 돌려주지 않는다며?"

칼릭스의 말은 간단했다. 아사드 상단의 특별 경매처럼 노예 경매의 참여금을 회수하는 방식으로 손해를 만회하라는 것이었다.

그러나 그게 말처럼 간단한 일은 아니었다.

"그렇긴 합니다만…… 일반 노예 경매와 마샤드의 노예 경매는 조금 다릅니다."

놈벨이 살짝 미간을 찌푸렸다. 좋은 방법이긴 하지만 지하 무투장과는 맞지 않은 방식이었다.

아사드 상단의 특별 경매가 가능한 건 성노예 구매자들의 특성 때문이었다.

호위 노예로 둘 수 있는 무투 노예들과는 달리 성노예는 결국 성욕풀이의 대상에 불과했다.

게다가 수명도 상당히 짧은 편이라 성노예에 집착하는 이들일수록 제값을 주고 성노예를 사는 걸 꺼려했다.

아사드 상단은 그런 성노예 구매자들의 심리를 십분 활용했다.

그리고 상품성이 높은 이종족 성노예들만을 위한 특별 경매를 만들어 다른 상단의 경매와 차별화까지 두었다.

참여금 몰수 방식 때문에 최종 구매 금액은 실제 가치의 20퍼센트 수준에 머무는 경우가 많았다.

하지만 워낙에 많은 이들이 참여를 하다 보니 몰수된 참여금은 그 가치의 두 배 이상을 상회했다.

참여자들도 저렴한 가격에 많은 경매에 참여할 수 있다는 걸 긍정적으로 받아들였다.

최악의 경우 참여금만 날리는 꼴이 될 수도 있지만 누구 하나 그걸 걱정하지 않았다.

일종의 도박처럼 경매에 참여해서 어떻게든 좋은 성노예를 손에 넣으려고 발버둥 치는 셈이었다.

도박성 경매. 이것이 아사드 상단의 특별 경매가 잡음 없이 성행하는 주된 이유였다.

반면 지하 무투장은 노예 경매와 도박이 철저하게 분리되어 있었다.

지하 무투장의 주된 수입원은 경매를 통한 노예 판매금이었다. 승패를 맞추는 도박은 생각만큼 돈이 되지 않았다.

마샤드의 흥미진진함에 반해서 재미삼아 참여하는 경우가 대부분이지 전문적으로 도박을 즐기는 이들은 다들 루아렛에 가 있었다.

칼릭스도 그런 사정을 모르지 않았다. 그러나 아예 방법이 없는 것은 아니었다.

"10년 전을 기억해?"

칼릭스가 넌지시 운을 뗐다.

"10년…… 전이요?"

부지런히 눈알을 굴려대던 놈벨이 뭔가를 떠올리고는 아, 하고 탄성을 흘렸다.

10년 전. 에르비스에 처음으로 방문한 레이노크 대공은 마르샤를 구경하기 위해 지하 무투장을 찾아왔다.

호위 병력을 대동하지 않은 탓에 레이노크 대공을 알아보는 이들은 많지 않았다.

그들조차 입가에 검지를 가져다대는 레이노크 대공의 뜻을 받들어 일부러 모른 척해 주었다.

그러나 그날 지하 무투장을 찾은 건 레이노크 대공만이 아니었다.

공교롭게도 아베로크 왕국의 유일 대공인 메르실 대공도 지하 무투장에 와 있었다.

당시 메르실 대공은 레이노크 대공을 전혀 알아보지 못했다. 그래서 레이노크 대공이 지켜보는지도 모르고 겁도 없이 본선에 오른 무투 노예들을 긁어모으고 있었다.

처음에는 대수롭지 않게 그 모습을 지켜보던 레이노크 대공은 제국도 별것 없다는 메르실 대공의 말에 발끈해 버렸다. 그래서 메르실 대공과 노예 쟁탈전을 시작했다.

아베로크 왕국 제일의 부자로 알려진 메르실 대공은 레이노크 대공과의 싸움에서 쉽게 물러서지 않았다.

뒤늦게라도 레이노크 대공을 알아봤다면 적당히 발을 뺐겠지만 그는 오히려 과욕을 부렸다.

자신의 재력을 과시하기라도 하듯 참여금을 올려가며 레이노크 대공의 약을 올렸다.

연달아 노예를 빼앗긴 레이노크 대공은 분을 감추지 못했다.

명색에 제국의 대공으로서 자국의 수많은 귀족이 보는 앞에서 메르실 대공처럼 품위 없이 돈을 써댈 수는 없었다. 그렇다고 이대로 물러서는 건 더한 창피였다.

애써 흥분을 가라앉힌 레이노크 대공은 머리를 썼다. 그리고 마샤드의 결승전을 눈앞에 둔 상황에서 들뜬 메르실 대공에게 한 가지 제안을 했다.

첫째, 경기 전에 서로 한 명씩 선택해 결과를 다툴 것.

둘째, 지니고 있는 모든 돈을 참여금으로 내놓을 것.

셋째, 패한 자는 모든 참여금을 상대에게 줄 것. 그리고 다시는 에르비스에 발을 들이지 않을 것.

메르실 대공은 자신이 먼저 노예를 선택한다는 조건으로 레이노크 대공의 제안을 받아들였다.

그렇게 지하 무투장 역사상 초유의 자존심을 건 도박이 이루어졌다.

"누가 이길지는 뻔한 거 아니겠나."

메르실 대공은 건장한 야수족 전사를 선택했다. 본선의 모든 경기에서 압도적인 실력을 보이며 승승장구해 온 야수족은 누가 봐도 우승 가능성이 높아 보였다.

반면 레이노크 대공은 팔이 부러진 채 피를 흘리고 있던 다크 엘프에게 모든 걸 걸었다.

주변에서 불리한 싸움이라며 만류했지만 레이노크 대공은 고집을 꺾지 않았다.

오히려 제국의 귀족은 자신의 말에 책임을 진다는 사실을 모두에게 똑똑히 보여주었다.

아마 그대로 결승전이 진행됐다면 아마도 야수족의 승리로 끝났을 것이다. 당시 관리인으로 일하던 놈벨이 보기에 다크 엘프는 준결승까지가 한계였다.

그러나 레이노크 대공도 바보는 아니었다. 그는 몰래 사람을 시켜 다크 엘프에게 비약을 먹였다.

잠시 동안 모든 육체적인 능력을 곱절로 끌어올릴 수 있지만 그 대가로 목숨을 내놓아야 하는 끔찍한 약을 말이다.

결국 모두의 예상을 뒤엎고 다크 엘프가 우승을 차지했다. 그리고 그 직후 다크 엘프는 모든 걸 이뤘다는 얼굴을 한 채로 바닥에 쓰러져 버렸다.

뒤늦게 레이노크 대공이 꼼수를 부렸다는 사실을 알게 된 메르실 대공은 강하게 항의했다.

제아무리 제국의 귀족이라 할지라도 결코 용서하지 않겠다며 레이노크 대공에게 기사전까지 신청하는 무모함을 보였다.

"그 선택. 후회하게 해주겠소."

레이노크 대공은 그제야 품속에서 자신을 상징하는 동전을 하나 내던졌다.

"이, 이것은……!"

발 앞에 떨어진 동전을 내려다보던 메르실 대공의 눈가가 파르르 떨렸다.

제국에 유통되는 주화와는 전혀 다른, 새하얀 안료로 칠해진 동전. 그리고 한쪽 면에 양각된 서로를 물어뜯듯 달려들고 있는 한 쌍의 바르타.

카투바르타.

제국에서 이런 특이한 문양을 사용하는 건 오직 한 사람뿐이었다.

라인츠 황제의 숙부이자 최고의 정적.

제국 북부의 실질적인 지배자.

마음만 먹으면 언제든 황위를 넘볼 수 있는 희대의 권력자.

레이노크 대공.

'망했다.'

메르실 대공은 질끈 눈을 감았다. 제국에서 유일하게 피하고 싶었던 그 당사자와 이렇게 시비가 붙을 것이라고는 꿈에도 생각지 못한 얼굴이었다.

그러나 레이노크 대공은 메르실 대공을 봐 주고 싶은 마음이 눈곱만큼도 없었다. 설사 그가 모르고 무례를 저질렀다 하더라도 말이다.

"앞으로 3년 후. 내 직접 대공을 찾아가겠소."

레이노크 대공은 모두가 보는 앞에서 기사전을 공표했다. 메르실 대공이 여러 차례 사과의 뜻을 전해 왔지만 레이노크 대공은 뜻을 꺾지 않았다.

7년 전. 약속대로 레이노크 대공은 최강의 기사단을 이끌고 메르실 대공가를 찾아갔다. 그리고 기사전을 핑계로 메르실 대공가의 정예 기사단을 박살 내버렸다.

눈앞에서 애써 키운 기사들이 불구가 되어 갔지만 메르실 대공은 감히 신음조차 내뱉지 못했다.

그렇게 제국의 대공과 남부 대륙의 유일 대공의 대결은 일 방적으로 끝이 나 버렸다.

그러나 놈벨은 거기까진 생각하지 않았다. 그의 머릿속은 레이노크 대공이 메르실 대공에게 제안을 했던 상황에서 멈 춰 있었다.

'그러고 보니 그때……'

놈벨은 당시의 상황을 머릿속에 그려냈다.

세간에 알려진 건 레이노크 대공과 메르실 대공의 도박이 었지만 실제는 달랐다.

그들 못지않게 수많은 참여자가 함께 도박에 참여했다. 승 자가 모든 걸 갖는 식으로 말이다.

그때 대부분의 선택은 야수족에게 몰렸다. 레이노크 대공 을 따라 다크 엘프에 돈을 건 이들은 그리 많지 않았다. 그 금 액도 반대편에 비해 터무니없이 부족했다.

이대로는 레이노크 대공이 창피를 당할 수 있다고 생각한 당시의 총관리인은 규칙을 깨고 지하 무투장의 돈을 끌어다 가 다크 엘프 쪽에 내걸었다.

공정한 대결을 위한 핑계였지만 그렇게라도 해서 레이노

크 대공의 자존심을 세워 주고 싶었던 것이다.

참가자들 중 누구도 총관리인의 결정에 반대하지 않았다. 오히려 열렬히 환영했다.

이런 특별한 도박에는 특별한 규칙이 필요한 것이라며 그어떤 것도 문제 삼지 않겠다고 서로 공증했다.

덕분에 총관리인은 엄청난 돈을 쓸어 모을 수 있게 됐다.

억울해하는 참여자들에게 참여금의 절반을 돌려 줬음에도 그 당시 벌어들인 금액은 무려 백만 골드가 넘었다.

거기다 레이노크 대공은 총관리인의 충성심을 높이 사 메르실 대공에게서 받아낸 삼백만 골드를 총관리인에게 주었다.

한 번의 선택으로 인해 무려 사백만 골드의 수익을 낸 것이다.

총관리인은 그 돈을 고스란히 들고 에르비스를 떠나 레이노크 대공을 따라 나섰다.

자신을 삼백만 골드라는 가치로 평가해 준 레이노크 대공의 안목에 반해 버린 것이다.

'만일 그때 그 상황을 재현해 낼 수만 있다면……'

놈벨은 눈을 반짝였다. 전 총관리인의 인생을 바꿔 놓았던 10년 전의 기적이 자신에게도 생기지 말라는 보장은 없었다.

'그런데 과연 가능할까……'

놈벨의 시선이 다시 칼릭스에게 향했다. 사실 칼릭스가 레이노크 대공을 대신할 수 있을 거란 확신은 없었다.

당시 메르실 대공이 찍소리도 못하고 물러났던 건 상대가 레이노크 대공이었기 때문이다.

하지만 칼릭스와 함께 있는 묘령의 아가씨까지 감안한다면 이야기는 달라진다.

최소 제국의 후작가 이상으로 추정되는 가문이라면 충분히 해볼 만한 싸움이 될 터였다.

문제는 메르실 대공의 역할을 해줄 자가 있느냐는 것이다.

"딱히 마땅한 상대를 알고 계십니까?"

놈벨이 슬며시 입을 열었다. 칼릭스가 아무런 생각도 없이 10년 전 일을 꺼냈을 것 같지는 않았다.

"내가 아사드 상단에서……."

칼릭스는 대답 대신 아사드 상단에서 있었던 마지막 경매의 상황을 전해 주었다.

굳이 리후라드 후작의 이름을 언급하진 않았지만 눈치 빠른 놈벨이 충분히 알아챌 수 있도록 말이다.

'리후라드 후작이라.'

놈벨이 속으로 고개를 끄덕였다. 메르실 대공만큼은 아니지만 리후라드 후작도 남부의 이름 난 재력가였다.

게다가 오랫동안 하반 왕국의 외무대신으로 지낸 만큼 영향력도 상당했다. 그가 반대편에 서 준다면 충분히 그림이 그려질 것 같았다.

'그런데 리후라드 후작에게 어떻게 접촉하지?'

놈벨의 미간이 다시 일그러졌다. 애석하게도 리후라드 후작과는 딱히 인연이 닿지 않은 상태였다.

그러자 칼릭스가 이번에도 능청스런 말을 늘어놓았다.

"그런데 자일스라고 알아?"

"자일스라면 도박사 말씀이십니까?"

"응. 그놈이 에바의 호위 기사한테 사기를 쳤다고 하더라고. 그런 줄도 모르고 나한테 또다시 사기를 치려했다니까."

"아⋯⋯!"

놈벨의 입가를 타고 묘한 웃음이 번졌다. 우스갯소리처럼 내뱉은 칼릭스의 말은 그야말로 최고의 조언이나 마찬가지였다.

놈벨이 지인을 통해 리후라드 후작에게 접촉한다면 그만큼 위험 부담이 클 수밖에 없었다.

하지만 말 많은 도박사를 움직여 끌어들인다면? 리후라드 후작을 메르실 대공처럼 만든다 하더라도 그에게까지 피해가 오진 않을 터였다.

"신경 써 주셔서 감사합니다, 공자님."

놈벨이 칼릭스를 향해 냉큼 고개를 숙였다. 설마하니 칼릭스가 일개 관리인에 불과한 자신의 사정을 이토록 챙겨 주리라고는 생각지도 못했다.

하지만 칼릭스는 그저 피식 웃기만 했다. 마치 놈벨과는 그 어떤 거래도 하지 않았다는 듯 말이다.

'역시 내 생각이 틀리지 않았어.'

놈벨의 입가에도 덩달아 웃음이 번졌다. 칼릭스는 그저 외모만 어릴 뿐이었다. 가슴속에 노회한 너구리를 한 마리 품고 있는 게 틀림없었다.

오랜 경험 상 이런 부류를 적으로 돌려 봐야 좋을 게 하나도 없었다. 가까워질 수 있다면 좋겠지만 그게 어렵다면 최소한 호의적으로 굴어야 했다.

"비약은 제가 준비하겠습니다."

놈벨이 나직한 목소리로 중얼거렸다. 10년 전 그 일을 재현하기 위해서는 무엇보다 비약이 필수였다.

그러나 칼릭스는 단호하게 고개를 흔들었다.

"그럴 필요 없어. 파투는 강하니까."

그 어떤 상대를 내세우더라도 파투가 이길 것이라고 확신하는 얼굴이었다.

'파투를 아슬아슬하게 올린 뒤에 결승전에서 뒤집을 생각인가 본데……'

놈벨은 어렵지 않게 칼릭스의 말뜻을 이해했다. 하기야 레이노크 대공이 사용한 꼼수를 다시 썼다간 일이 커질 수도 있었다.

그렇다면 차라리 모두의 눈을 속일 만한 그럴듯한 상대를 내세워야 했다. 설사 파투가 결승전에서 지는 상황이 벌어지더라도 말이다.

'누가 좋을까.'

잠시 고심하던 놈벨의 머릿속으로 마땅한 적임자가 떠올랐다.

검은 암살자 자질리온.

아직 통제가 되지 않아 독방에 가둬 둔 녀석이었지만 자질리온의 실력은 뛰어나다 못해 놀라울 정도였다.

만일 파투가 전력을 다하지 않을 경우 자질리온에게 다치게 될 수도 있었다.

게다가 몇몇 굵직한 사건을 저지른 덕분에 자질리온은 검은 암살자라는 악명까지 달고 다녔다.

그 악명을 적절히 활용한다면 파투를 대신해 리후라드 후작과 다른 참가자들의 눈길을 충분히 잡아 끌 수 있을 것 같았다.

"검은 암살자입니다."

놈벨은 그 한마디를 남기고 조용히 방을 나섰다. 칼릭스의 바람대로 그 어떤 거래도 없었다는 듯이 말이다.

하지만 그가 남긴 한마디는 애써 태연하던 칼릭스를 자극해 버렸다.

"자질리온이 있단 말이지."

요란스럽게 닫히는 문을 바라보던 칼릭스가 나직이 중얼거렸다.

바쉬와 파투로도 모자라 자질리온까지 에르비스에 있을 것이라고는 미처 생각지 못했다.

아흔아홉 번의 생을 살면서 칼릭스는 자질리온과 끊이지 않는 악연으로 얽혀 있었다.

자질리온은 전생 곳곳에서 출현해 수많은 권력자의 목숨을 앗아간 희대의 암살자였다. 그리고 자신의 생을 몇 차례 마감시킨 장본인이기도 했다.

단순히 자신의 목숨만을 노린 거라면 칼릭스도 자질리온을 크게 신경 쓰지 않았을 것이다.

그러나 놈은 일평생 적이 되어 칼릭스의 일을 사사건건 방해했다.

칼릭스가 레이노크 대공의 반대편에 서 있을 때면 자질리온은 늘 레이노크 대공의 단검이 되어 있었다.

칼릭스가 레이노크 대공의 편에 서면 자질리온은 기다렸다는 듯이 반대편 세력으로 넘어가 버렸다.

중립을 지켜도 마찬가지였다. 자질리온은 쉴 새 없이 칼릭스의 목숨을 노리고 찾아왔다.

칼릭스도 기회가 될 때마다 자질리온을 없애려 노력했다. 하지만 검은 암살자라는 별명답게 자질리온은 좀처럼 흔적을 남기지 않았다.

늘 슬그머니 나타났다가 누군가의 목숨을 빼앗고는 사라져 버렸다.

그만큼 자질리온은 칼릭스의 인생에서 상당히 골치 아픈 상대였다.

칼릭스가 굳이 바쉬와 파투 모두에게 욕심을 내는 이유 중에는 자질리온의 존재가 포함되어 있었다.

그런데 자질리온과 이런 식으로 만나게 되다니. 칼릭스는 그저 웃음만 났다. 어쩌면 운명의 신이 복수를 할 기회를 준 것인지도 몰랐다.

그렇다고 해서 자질리온까지 손에 넣고 싶진 않았다.

자질리온은 실력만큼은 모든 암살자 중 첫손에 꼽혔지만 성격이 괴팍하고 통제가 어려웠다.

게다가 욕심이 지나쳤다. 실제로 믿었던 자질리온에게 되레 당해 버린 이들도 상당했다.

귀공의 처지에 가릴 게 많지 않다지만 자질리온은 아니었다.

그는 오히려 언제 어디서 어떻게 만나든 목숨을 끊어버리려 했던 상대다. 그게 하필 지금이라 하더라도 말이다.

"놈과의 악연을 내가 먼저 끊는 것도 나쁘진 않겠지."

칼릭스의 입가를 타고 잔인한 웃음이 번졌다. 그 의지를 대변하듯 꾹 움켜쥔 주먹에 힘줄이 돋았다.

지난 아흔아홉 번의 전생에서 악연을 주도한 건 자질리온이었다. 하지만 이번 생에서는 달라질 것 같았다.

16장

마샤드 Part 1

1

"그러니까…… 그놈하고 그놈들이 같은 편이었단 말이
지?"

"그렇다니까. 내가 그 어린 공자하고 그 공녀하고 함께 있
는 걸 두 눈으로 똑똑히 봤다고."

"허……."

자일스는 그저 헛웃음만 났다. 어쩐지 딱 그 순간에 기사
놈이 나타나더라니.

보나마나 기사 놈이 자신을 붙잡아 두기 위해 어수룩한 공
자를 내세워 거짓 연극을 벌인 게 틀림없었다.

'감히 이 자일스 놈을 속이려 했다 이거지?'

자일스는 빠득 이를 갈았다. 비록 정당하지 못한 방법으로 돈을 벌어 온 건 사실이지만 그건 어디까지나 에르비스에 존재하는 수많은 돈벌이 중 하나일 뿐이었다.

게다가 지하 무투장에서는 본래 불법 도박을 인정하지 않았다.

그걸 알면서도 큰 돈을 벌 수 있다는 꾐에 넘어간 당사자도 잘한 건 하나 없었다.

그런데 뻔뻔스럽게 자신을 잡으려고 함정까지 파다니. 이대로 참고 넘기는 건 자일스가 아니었다.

그렇다고 덩치 큰 기사 놈에게 직접 화풀이를 할 생각은 없었다.

천 골드나 되는 거금을 잃었으니 자신을 잡으려고 혈안이 된 건 충분히 이해해 줄 수 있었다.

하지만 칼릭스는 예외였다. 자신과는 아무런 원한도 없는데 기사 놈을 도왔다는 건 악연을 자처하는 것이나 다를 바 없었다.

"그놈 지금 어디 있어?"

"그놈이라니? 누구?"

"누구긴 누구겠어. 그 어린놈 말이야."

"아, 그 공자? 아까 보니까 예쁘장하게 생긴 노예를 둘이나 데리고 들어오던데?"

"들어왔어? 잠깐 나갔다가 다시 지하 무투장으로 돌아왔단 말이야?"

"그것까진 모르겠고. 나머진 네가 알아봐."

생각지도 못한 정보를 얻은 자일스는 지하 무투장 근처에서 점술을 보고 있는 점술사에게 다가갔다.

자신만큼이나 거저 돈을 버는 엉터리 점술사였지만 그래도 마르쿰의 돌아가는 소식은 제법 빠삭하게 파악하고 있었다.

"영감, 뭐 하나 물어볼 게 있는데 말이야."

점술사의 앞에 주저앉으며 자일스가 은근한 목소리를 냈다.

그러자 꾸벅꾸벅 졸고 있던 점술사가 언제 그랬냐는 듯 오른 손바닥을 펴 보였다.

"물어볼 게 있으면 돈부터 내놔."

"우리 사이에 이러기야?"

"우리 사이라니? 할아버지뻘 되는 노인에게 반말짓거리나 하는 그런 사이를 말하는 거냐?"

"또 왜 그래? 언제는 죽은 손자 같아서 마음에 든다며?"

"손자 녀석하고 나이가 비슷하단 소리였지 마음에 든다는 말은 한 적 없다. 그리고 우리 손자 살아 있어. 그러니까 돈

낼 거 아니면 저리 가."

점술사가 날벌레를 쫓듯 보란 듯이 손을 휘저어댔다.

제아무리 절친한 사이라 하더라도 공과 사는 구분하는 게 에르비스의 법칙이었다.

하물며 일종의 경쟁자나 마찬가지인 자일스를 맨입으로 도울 이유는 어디에도 없었다.

"나 참, 더럽고 치사해서."

자일스가 어쩔 수 없다는 듯 1골드짜리 금화를 한 닢 내놓았다.

"자, 손님. 무엇을 도와드릴까요? 운명점을 봐드릴까요? 아니면 연애점을 봐드릴까요?"

냉큼 1골드를 챙긴 점술사가 씩 웃으며 말했다.

"맞지도 않는 점술은 필요 없고. 키는 백사십 센티미터 정도에 나이는 대략 열두 살 정도 되는 귀족가 공자처럼 생긴 놈 못 봤어?"

자일스가 대략적인 칼릭스의 생김새를 묘사했다.

수많은 이가 오가는 에르비스에서 그런 사람을 단번에 알아보기란 쉽지 않겠지만 예상 외로 점술사는 고개를 주억거렸다.

"꼴에 예쁘장한 성노예를 둘이나 끌고 다니던 그놈 말이지?"

"맞아. 그놈. 그놈에 대해 아는 대로 말해줘."

"그놈이라면 이거 가지고는 안 돼."

점술사가 다시 오른 손바닥을 내밀었다. 하는 짓을 보니 제법 괜찮은 정보라도 알고 있는 모양이었다.

"진짜 이러기야?"

자일스가 신경질적으로 몸을 일으켰다. 아무리 돈 밝히는 점술사라 하더라도 근 삼 년을 알고 지낸 사이인데 해도 너무하다는 생각이 들었다.

그러나 정작 점술사는 눈 하나 까딱하지 않았다.

"싫으면 말고."

오히려 정보를 팔지 않아도 상관없다는 듯 품에 집어넣었던 1골드 금화를 망설임없이 꺼내보였다.

"젠장! 알았다! 알았다고!"

결국 점술사와의 기싸움에서 밀려 버린 자일스는 점술사에게 4골드를 더 쥐어주어야 했다.

"흠. 뭐 이 정도라면 네 녀석과의 인연을 생각해서 말해 주지."

흡족한 웃음을 흘리며 점술사가 자일스 쪽으로 고개를 숙였다. 그러더니 뭔가 은밀한 정보를 중얼거렸다.

"리후라드 후작? 그게 정말이야?"

자일스의 눈이 번쩍 뜨였다. 그러자 점술사가 다급히 자일스의 입을 틀어막았다.

"이놈아, 조용히 해!"

점술사의 시선이 빠르게 주변을 살폈다. 천만다행이도 자일스의 철없는 말을 들은 사람은 없는 것 같았다.

"퉤! 왜 그래? 그가 황제 폐하라도 돼?"

안도하는 점술사의 손을 뿌리치며 자일스가 신경질적으로 소리쳤다.

리후라드 후작이 대단하다는 걸 모르지는 않지만 그래 봐야 타국의 귀족일 뿐이었다.

워낙에 많은 귀족이 오가는 에르비스다 보니 타국의 고위 귀족이라고 해서 특별할 건 없었지만 리후라드 후작은 달랐다.

그가 지금껏 쌓아 온 정치외교적인 역량이나 제국과의 친분, 특히나 카인젤 백작을 사돈으로 뒀다는 점을 고려했을 때 에르비스에서도 귀빈으로 꼽힐 만했다.

실제로 로펜 백작이 총관으로 있던 시절에 리후라드 후작은 에르비스를 방문할 때마다 에비앙(에르비스의 내성)에 머물렀다.

힘있고 유명한 귀족들과 사귀길 좋아하는 로펜 백작이 직접 청한 탓이었다.

하지만 카일로 백작은 리후라드 후작이 에르비스를 찾았

다는 사실을 알면서도 따로 사람을 보내지 않았다.

카일로 백작을 비롯해 적잖은 제국 귀족들과 밀접한 관계를 유지하고 있는 리후라드 후작과 정치적으로 엮이지 않기 위해서였다.

그러나 그 사실을 모르는 이들은 리후라드 후작이 푸대접을 받았다고 여겼다. 자일스도 그렇게 생각 없는 부류 중 한 사람이었다.

"아무튼 입조심해! 그분 심기가 좀 불편한 게 아닐 테니까."

점술사가 다시 한 번 주의를 주었다.

가뜩이나 기분이 좋지 않은데 누군가 자신의 이름을 함부로 입에 놀리는 걸 두고 볼 만큼 너그러운 귀족은 세상에 없었다.

"나도 그 정도는 안다고."

자일스가 못마땅한 듯 콧잔등을 찡그렸다. 하지만 그러면서도 그의 머릿속은 어떻게 하면 리후라드 후작을 끌어들일까 하는 위험한 생각으로 가득 차 있었다.

그런 자일스의 속내를 읽은 것일까.

"또 뭔 짓을 하려고?"

점술사가 불안한 얼굴로 물었다.

"뭔 짓은 뭔 짓이야. 내가 할 수 있는 짓이 그것 말고 또 있어?"

자일스가 당연한 걸 묻는다며 웃었다.

마르쿰에 머물며 수많은 이의 금화 주머니를 털어 온 그에게 리후라드 후작은 최고의 고객이나 다름없었다.

"이놈아! 미쳐도 정도껏 미쳐! 건드릴 사람이 없어서 그분을 건드리냐!"

점술사가 다급히 자일스를 만류했다. 리후라드 후작에게 사기를 칠 생각은 꿈에도 하지 말라며 그의 팔목을 꽉 움켜잡았다.

그러나 자일스는 보란 듯이 점술사의 손을 뿌리쳐 버렸다.

"이거 왜 이래? 나 자일스야. 그가 아니라 황제 폐하라 해도 난 눈 하나 꿈쩍 안 한다고."

자일스가 비교적 젊은 나이에 불법 도박사로 이름을 날린 건 지나친 배포 때문이었다.

함부로 다가가기도 어려운 고위 귀족들만 전문적으로 노려서 크게 한 건 올리는 그의 수법에 다른 불법 도박사들마저 혀를 내두를 정도였다.

그 사실을 알면서도 점술사는 다시금 자일스를 만류했다. 마치 지금 자신의 말을 듣지 않으면 걷잡을 수 없는 수렁에 빠질 거라는 듯이 말이다.

하지만 자일스는 끝내 점술사의 말을 듣지 않았다.

"내 걱정 말고 점이나 잘 치셔. 내 크게 한 건 하면 술 한 잔 살 테니까 말이야."

어울리지 않게 자신을 걱정하는 척 구는 점술사를 떼어내며 자일스가 저만치 도망쳐 버렸다.

그 모습을 지켜보던 점술사의 입가를 타고 무거운 한숨이 흘러나왔다.

"에효, 이놈아. 난 충분히 경고했다. 나중에 내 핑계나 대지 마라."

양심의 가책을 담은 주절거림이 바람을 타고 흘렀다. 그러나 그 소리는 미처 자일스의 귓가에 닿지 못했다.

2

"날 뭐로 보고 걱정이야 걱정은."

대수롭지 않은 척 굴었지만 자일스도 자신을 만류하던 점술사의 모습이 자꾸 눈에 밟혔다.

점술사를 정말로 친할아버지처럼 여겨서가 아니었다.

점술사라는 부류 자체가 대개 재수없는 일들은 기가 막히게 맞추는 재주를 가지고 있기 때문이었다.

그러나 자일스는 이내 찜찜함을 털어버렸다. 고작 그 정도로 포기하기에는 리후라드 후작이란 빵이 너무 크고 달콤하기만 했다.

게다가 사기꾼의 세계에도 급이라는 게 있었다.

초보들은 재수없게 일을 망치면 그 돈을 찾을 생각밖에 안 들었다.

어차피 자신의 돈이 아니라 사기 쳐서 뜯어 낼 돈이었지만 그마저도 손해로 여기는 것이다.

그 시절을 벗어나 경험자가 되면 조금 더 배포가 커진다.

한 번 망친 일을 만회하기 위해 다시 노력한다는 건 결과적으로 손해였다.

두 번 노력해서 잘해야 한 번의 성과를 얻을 수 있기 때문이다.

그래서 그때부터는 앞선 손해를 만회할 만한 보다 큰일을 찾는다.

그리고 그런 일들이 반복되어 자일스만큼 이름 난 사기꾼이 되면 손해보전은 물론이고 한동안 일을 안 해도 먹고살 만큼 아예 큰 판을 벌릴 욕심에 빠진다.

"점술 따위에 휘둘리는 건 간담 작은 놈들이나 하는 거라고."

자일스는 스스로에게 최면을 걸 듯 가슴을 힘껏 두드렸다. 그리고는 씩 웃으며 리후라드 후작을 찾아 눈을 움직였다.

그때였다. 저만치서 화려한 타루반을 머리에 두른 귀족이 눈에 들어왔다.

'저기 있군!'

자일스가 보란 듯이 입가를 비틀었다. 리후라드 후작을 단한 번도 만난 적은 없었지만 느낌상 그가 확실했다.

'그런데 어떻게 접근한다?'

리후라드 후작에게 다가가려던 자일스는 이내 발걸음을 멈췄다.

리후라드 후작은 자신만큼이나 속이 상해 있는 상태였다.

이럴 때 함부로 입을 놀렸다간 귀족모욕죄로 파시단(에르비스의 법무청)의 지하 감옥신세를 지게 될지 몰랐다.

'그렇다면……'

자일스는 빠르게 눈을 움직여 도움이 될 만한 자를 찾았다. 때마침 저만치 입담 좋기로 유명한 호객꾼 쿠리안이 눈에 들어왔다.

"쿠리안이 이 시간에 여기 웬일이지?"

자일스는 마치 횡재라도 한 듯 기뻐했다.

쿠리안처럼 자연스럽게 말을 받아줄 만한 이는 에르비스에 없다시피 했다.

"쿠리안! 잠깐 나 좀 도와줘."

자일스는 냉큼 쿠리안에게 달려가 그의 팔목을 붙잡았다.

"뭐, 뭐야? 자일스잖아?"

자일스를 확인한 쿠리안이 어색하게 놀란 표정을 지어 보였다. 하지만 홀로 들뜬 자일스는 그 사실을 알아채지 못했다.

"이거 봐. 나 바쁘다고."

쿠리안은 평소처럼 자일스의 손을 뿌리치려 했다. 자일스와는 달리 쿠리안은 그가 조금도 달갑지 않았다.

그러나 자일스는 아예 두 팔로 쿠리안의 몸을 끌어안으며 사정을 해댔다.

"이번 일만 잘되면 크게 한턱낼게."

"그런 식으로 날 부려먹은 게 어디 한두 번이야?"

"이번엔 진짜야. 그러니까 좀 도와줘."

"싫다니까!"

"싫으면 계속 이러고 있을 텐데? 이러다 이상한 소문나면 앞으로 루아렛 쪽은 어떻게 다닐 거야?"

자일스는 쿠리안의 약점을 악랄하게 파고들었다.

3년 전 지나치게 술이 취한 나머지 예쁘장한 남자아이를 덮치려 했던 사건 이후 그의 성정체성은 에르비스의 주요 안줏거리 중 하나였다.

"젠장! 알았다! 알았으니까 어서 봐!"

쿠리안이 자신도 모르게 열을 냈다.

생긴 건 여자아이만큼이나 곱상한 자일스와 이렇게 붙어

있는 걸 누군가 본다면 겨우 잠잠해진 소문이 다시 파다해질
터였다.

"진즉 그럴 것이지."

자일스가 씩 웃으며 팔을 풀었다.

그러면서도 쿠리안이 도망치지 못하도록 그의 팔목을 꼭
움켜잡는 걸 잊지 않았다.

"젠장할! 뭘 도와달라고?"

쿠리안이 신경질적으로 소리쳤다. 그를 바라보며 자일스
가 조심스럽게 입술을 달싹거렸다.

3

"숙부님, 이제 그만 잊어버리십시오. 노예는 얼마든지 있
습니다."

코베룬은 어떻게든 리후라드 후작의 마음을 풀어 보려 애
를 썼다.

원하는 건 어떻게든 가져야 직성이 풀리는 리후라드 후작
의 성격을 모르지는 않지만 고작 성노예 하나 때문에 불편한
심기를 내색하는 건 좋지 않았다.

게다가 이곳은 에르비스였다. 괜히 누군가 리후라드 후작
의 심통 난 모습을 보고 좋지 않은 소문이라도 퍼뜨릴 수도

있는 곳이었다.

실제로도 적잖은 이들이 리후라드 후작을 힐끔거리고 있었다.

사막의 나라라 불리는 하반 왕국 특유의 타루반까지 둘러서인지 굳은 리후라드 후작의 표정이 더욱 차갑게 느껴졌다.

그러나 정작 리후라드 후작의 굳은 얼굴은 좀처럼 펴지질 않았다. 아니, 펴질 수가 없었다.

지금껏 살아온 길이 늘 순탄했던 건 아니었지만 리후라드 후작은 적어도 귀족으로서 자존심은 지키며 살아왔다고 자부해 왔다.

그래서인지 특별 경매장에서 난생처음으로 겪은 수모는 도저히 참고 넘길 수가 없었다.

게다가 코앞에서 놓쳐 버린 하르티아도 자꾸 눈에 밟혔다.

하르티아를 차지하지도 못한 채 마르쿰의 금화와 5만 골드를 날려 버렸다는 사실이 그를 더욱 참담하게 만들었다.

"숙부님, 그러시지 말고 다른 상단에 들러 보시는 게 어떻겠습니까?"

리후라드 후작의 눈치를 살피며 코베룬이 넌지시 권했다.

이 세상 모든 노예가 모여 있다는 말이 나돌 만큼 마르쿰은 거대했다.

하르티아까지는 아니겠지만 그래도 리후라드 후작의 마음

에 들 만한 성노에 하나쯤은 충분히 찾을 수 있을 것 같았다.

그때였다.

"그게 정말이야?"

어딘가에서 들려온 목소리가 리후라드 후작의 귓가를 파고들었다.

본래 에르비스는 사람이 많은 만큼 시끄럽고 번잡한 곳이었다. 그래서 리후라드 후작도 어지간한 소음은 신경 쓰지 않고 그냥 지나쳐 왔다.

하지만 이번에 들려온 소리는 도저히 그럴 수가 없었다. 마치 자신이 지나치길 기다렸다는 듯이 귓가를 잡아끄는 게 따로 할 말이라도 있는 것만 같았다.

아니나 다를까.

"세상에 살다 살다 그렇게 예쁜 년들은 처음 봤다니까?"

"년이라니! 아무리 그래도 그렇지 귀족가 영애들을 그렇게 막 불러도 되는 거야?"

"내가 미쳤어? 귀족가 영애들한테 그러게."

"그럼? 평민 계집들이 그렇게 예뻤단 말이야?"

"평민은 무슨. 딱 봐도 성노예던데 뭘."

"성노예?"

"그래, 그것도 새파랗게 어린 공자가 하나도 아니고 둘씩이나 끌고 다니더라고."

"허. 그 공자가 재주도 좋네?"

저만치 마주선 두 사내의 입을 통해 리후라드 후작이 잘 알고 있는 누군가의 이야기가 거침없이 흘러나왔다.

"숙부님, 저 상단은 어떻습니까?"

코베룬은 혹여 리후라드 후작의 귀에 들릴까 봐 일부러 딴청을 부렸다. 그러나 리후라드 후작의 걸음은 진즉에 멈춰진 상태였다.

"저자를 불러와라."

리후라드 후작이 사내들을 가리키며 말했다.

"알겠습니다."

뒤따르던 기사가 철갑 소리를 내며 사내들에게 다가갔다.

"이크!"

사내 중 하나가 기사를 발견하고는 다급히 몸을 피했다. 하지만 하필 등을 지고 있던 사내는 꼼짝 없이 기사에게 붙잡히고 말았다.

"어, 어이쿠. 기사님 살려 주십시오."

사내의 입에서 절로 앓는 소리가 흘러나왔다. 다른 이도 아니고 기사가 뒷목을 잡았다는 건 자신의 입방정이 잘못됐다는 소리나 다름없었다.

하지만 기사는 눈 하나 까딱하지 않고 리후라드 후작 앞으로 사내를 끌고 갔다.

"사, 살려 주십시오."

사내는 리후라드 후작의 발치에 바짝 몸을 엎드렸다. 하는 짓을 보아하니 무엇을 잘못했는지도 모르면서 살려달라고 애원하는 것 같았다.

그러나 리후라드 후작이 듣고 싶은 건 그런 게 아니었다.

"아까 했던 이야기를 해보거라."

"⋯⋯예?"

"그 공자 이야기를 더 해보라는 말이다."

"그, 그게⋯⋯."

잠시 머뭇거리던 사내가 주섬주섬 말을 이어나갔다. 공자가 어디에 들어갔으며 누구와 함께 있는지 하나도 빼놓지 않았다.

"지하 무투장이라?"

칼릭스의 행적을 알아낸 리후라드 후작은 눈을 빛냈다. 반면 코베룬은 불안하다는 표정이었다.

"그 공자의 옆에 제국의 고위 귀족이 있을지도 모릅니다."

코베룬은 어렵지 않게 칼릭스와 함께 있다는 레테어의 정체를 짐작해 냈다.

피와 싸움, 도박이 만연한 지하 무투장을 드나들 정도라면 최소한 그만한 배짱과 배경을 갖추고 있어야 했다.

하지만 리후라드 후작은 상관없다는 투였다. 오히려 이번 기회를 통해 칼릭스에게 복수를 해야겠다며 의지를 불태웠다.

"가자."

"수, 숙부님!"

"어서 앞장서래도!"

"저, 저는 지하 무투장에 가본 적이 없습니다."

리후라드 후작의 성화에 코베룬이 거짓을 둘러댔다.

에르비스에서 그가 가보지 않은 곳은 없다시피 했지만 리후라드 후작을 지하 무투장으로 안내하고 싶진 않았다.

그러자 이맛살을 찌푸리던 리후라드 후작의 시선이 이리저리 눈을 굴리고 있는 사내에게 향했다.

"넌 이름이 뭐냐."

"자, 자일스라고 합니다."

"지하 무투장에 대해 잘 아느냐?"

"그, 그럼요. 그곳에서 살다시피 합니다."

"그럼 네가 앞장서라."

"알겠습니다."

사내, 자일스가 엉겁결에 고개를 숙이고는 한 걸음씩 앞으로 나아갔다. 그럴수록 그의 입가를 타고 짓궂은 웃음이 번졌다.

'좋았어.'

모든 게 계획 이상으로 풀려서일까.

자일스는 운명의 여신이 자신을 돕고 있다고 여겼다.

하지만 운명의 여신이 누구의 손을 들어줄지는 조금 더 지켜봐야 할 것 같았다.

4

같은 시각.

"저를 따라오십시오."

관리인 제롭은 놈벨의 지시에 따라 칼릭스 일행을 노예 대기실로 안내했다.

지하 무투장의 원칙 상 노예들이 머무는 공간은 아무나 들어올 수가 없었다.

승부 조작의 위험성 때문에 허락받은 관리인 이외에는 그 출입을 철저하게 금지시킨 탓이었다.

하지만 칼릭스는 당당하게도 놈벨에게 파투와 바쉬를 보고 싶다는 뜻을 전했다.

그리고 칼릭스와 한 배를 타기로 마음먹은 놈벨은 그 부탁을 고심 끝에 받아들였다.

만에 하나 이 사실이 외부에 알려진다면 마샤드는 치러지기도 전에 중단될 수 있었다.

당연히 그에 따른 모든 책임은 총관리인인 놈벨이 져야 했다.

그럼에도 놈벨은 칼릭스를 노에 대기실로 들여보내 줬다. 이유는 간단했다.

그래야만 이번 마샤드를 통해 막대한 참여금을 벌어들일 수 있기 때문이었다.

본래 배당률이 높은 도박일수록 위험성은 커지가 마련이었다.

게다가 상대는 리후라드 후작이었다. 그를 속이기 위해 검은 암살자를 준비시켰듯 칼릭스도 그에 따른 대비를 해 두어야 했다.

그렇지 않고서는 10년 전의 기적을 다시 이뤄 낼 수가 없었다.

그러나 전후사정을 전혀 알지 못하는 제롭은 칼릭스 일행을 안내하는 게 썩 내키지 않았다.

'대체 놈벨님은 무슨 생각을 하는 거야?'

길게 이어진 지하 복도를 앞서 걸으며 제롭이 이맛살을 찌푸렸다.

누구보다 신중한 놈벨의 성격 상 이런 일을 벌인다는 게 이해가 가지 않았다.

자신을 포함해 이 일을 알고 있는 이들 중 누구라도 놈벨을 배신한다면 그는 나락으로 떨어질 수 있었다.

게다가 안내를 해야 하는 대상도 마음에 들지 않았다.

덩치 큰 무투 노예가 맘먹고 달려든다면 쉽게 목이 꺾여 버릴 것 같은 비리비리한 귀족 공자는 둘째치고라도 성노예들은 정말 아니었다.

마샤드를 눈앞에 두고 무투 노예들은 잔뜩 흥분한 상태였다. 그들에게 성노예를 보인다는 건 사고를 치라고 부추기는 것과 다를 바 없었다.

하지만 칼릭스는 아무 생각도 없이 제롭을 따라 나선 게 아니었다.

"여기 빈 방 있어?"

"경기 시작 전에 노예들이 대기하는 곳은 있습니다만……."

"그럼 그곳으로 파투와 바쉬만 불러줘."

"그들만 따로…… 말씀이십니까?"

"그럼? 설마 내가 무투 노예들이 득실거리는 곳에 들어갈 거라고 생각한 거야?"

무투 노예들에게 얼굴을 들이밀어서 좋을 게 없는 건 칼릭스도 마찬가지였다.

놈벨이 마샤드의 결과를 통제하고 있다고는 하지만 계획을 실현시키기 위해서라도 무투 노예들이 불만을 가질 만한 짓은 애당초 하지 않는 편이 나았다.

'제길.'

일이 잘못되면 슬쩍 발을 빼려 했던 제롭의 표정이 굳어졌다.

칼릭스의 요구대로 파투와 바쉬를 따로 불러낸다면 결국 자신만 주목받을 게 뻔했다.

그렇다고 칼릭스의 뜻을 거스를 수도 없었다. 칼릭스가 말하는 건 무엇이든 따르라는 놈벨의 엄명 때문이었다.

'눈치 보이지만 어쩔 수 없지.'

고심하던 제롭은 고전적인 수법을 쓰기로 마음먹었다. 만약을 위해서라도 위험한 일을 벌이고 싶은 생각은 추호도 없었다.

5

"바쉬, 오늘 기분은 어때?"

노예 대기실로 들어간 제롭은 바쉬부터 찾았다. 이미 두 차례 연속으로 우승을 했으니 관리자로서 신경을 쓰는 건 당연했다.

하지만 이어지는 말과 행동이 문제였다.

"오늘도 우승은 문제없겠지? 너만 믿는다."

제룹이 바쉬의 등을 툭툭 두드리며 웃었다. 그 모습이 마치 바쉬에게 뒷돈이라도 건 것같이 느껴졌다.

그러자 가뜩이나 신경이 날카로워진 무투 노예들의 표정이 일그러졌다.

언어가 다르다 보니 제룹의 말을 전부 알아듣진 못했지만 바쉬를 편애한다는 사실을 금방 눈치챈 것이다.

"젠장!"

"우승 못한 놈은 서러워서 살겠나."

무투 노예들이 저마다의 언어로 지껄여댔다. 그 말투가 제룹에게는 유난히도 공격적으로 들렸다.

"뭐야? 왜 이렇게 시끄러워? 오랜만에 혼 좀 나 볼 테야?"

제룹이 일부러 큰소리를 쳤다. 하지만 고작 그 정도로는 무투 노예들을 겁줄 수가 없었다.

"이 자식들이!"

무투 노예들이 꿈쩍도 안 하자 제룹은 품속에서 주먹만 한 마정석을 꺼내들었다.

순간 무투 노예들의 눈빛이 빠르게 흔들렸다. 제룹이 마정석을 작동시키면 어떤 일이 벌어지는지 너무나 잘 알고 있기 때문이었다.

그러나 모두가 눈치껏 행동한 것은 아니었다. 무투 노예들 중에서도 통제가 어려운 녀석들은 여전히 무뚝뚝한 표정을 지어 보였다.

그중에는 파투도 끼어 있었다.

"파투! 나한테 불만 있어? 그래? 이 자식 안 되겠어. 너 따라 나와."

제롭은 직접 교육이라도 하려는 듯 파투의 목에 걸린 노예 목줄을 잡아당겼다.

그 순간 노예 목줄에 박혀 있던 돌기들이 파투의 목을 강하게 압박했다.

덩달아 꿈쩍도 하지 않을 것 같았던 파투의 입에서 끙 하고 앓는 소리가 흘러나왔다.

"빨리 빨리 따라 나와!"

제롭은 일부러 더욱 거칠게 파투를 밖으로 끌고 갔다. 그 모습을 지켜보던 무투 노예들의 불만이 자연스럽게 바쉬에게 향했다.

"잘하는 짓이군그래. 너 때문에 이게 무슨 꼴이야?"

파투와 같은 야수족 노예가 사납게 으르렁거렸다. 그러나 바쉬는 눈길조차 마주쳐 주지 않았다.

"넌 자존심도 없나 보지?"

옆에 있던 엘프 노예가 자존심을 운운하며 신경을 건드렸지만 마찬가지였다.

이 소란에 말려들어 봐야 자신에게 좋을 게 없다는 걸 누구보다 잘 아는 바쉬가 호락호락 당해 줄 리 없었다.

그때였다.

"이 자식들이! 아직 정신 못 차렸지?"

파투를 교육시키는 줄 알았던 제롭이 벌컥 문을 열어젖혔다.

그는 흥분하는 노예들을 매섭게 노려본 뒤에 바쉬에게 따라 나오라고 손짓을 했다. 선수 보호를 위한 일종의 격리 조치였다.

"흥."

억울한 듯 자신을 노려보는 무투 노예들에게 코웃음을 남기며 바쉬는 천천히 노예 대기실을 나섰다. 그리고 제롭을 따라 경기 대기실로 향했다.

하지만 아무도 없어야 할 경기 대기실에는 낯선 소년이 먼저 와 기다리고 있었다.

"데려왔습니다. 저는 그만."

바쉬를 방 안에 밀어넣기가 무섭게 제롭이 문을 닫고 나갔다. 바쉬가 다급히 문을 열려 했지만 밖에서 잠긴 문은 쉽게 열리지 않았다.

"문 열어! 문 열라고!"

바쉬가 거인족의 언어로 크게 소리쳤다. 본능적으로 무언가 함정에 빠졌다고 여긴 것이다.

그러나 바쉬의 흥분은 오래가지 않았다. 실로 오랜만에 들어보는 일족의 언어 때문이었다.

"잡아먹을 거 아니니까 호들갑 좀 그만 떨어."

칼릭스가 못마땅하다는 투로 중얼거렸다. 그 소리를 들은 것일까. 바쉬가 흠칫 놀라 몸을 돌렸다.

거인족답게 큰 바쉬의 얼굴에는 어떻게, 라는 의문이 한가득 담겨 있었다. 그러나 칼릭스는 그 말에 곧장 대답을 해주지 않았다.

"목 아프니까 앉아."

칼릭스가 건너편 의자를 가리키며 말했다.

거인족인 바쉬가 앉기에는 지나치게 작아 보였지만 남아 있는 건 그것뿐이었다.

그렇다고 자신이 앉고 있는 큼지막한 의자를 양보해 주고 싶은 마음은 눈곱만큼도 없었다.

그런 칼릭스를 한참 동안 바라보던 바쉬가 조심스럽게 입을 열었다.

"당신은 누굽니까? 어떻게 우리말을 아는 겁니까?"

무투 노예 생활을 오래해서일까. 바쉬는 칼릭스가 평범한 상대가 아니라는 사실을 금세 알아챘다.

눈에 보이는 것처럼 단순한 소년에 불과했다면 이곳에 들어오지도 못했을 것이고 이종족 언어 중에서 가장 어렵기로 소문난 자인트어(거인족들의 언어)를 구사하지도 못했을 것이다.

그러자 칼릭스가 보란 듯이 이맛살을 찌푸렸다.

"내가 앉으라고 했을 텐데?"

그 모습이 꼭 주인이 노예를 대하는 것만 같았다.

"알겠습니다."

바쉬는 마지못해 의자에 앉았다. 아니, 앉으려 했다. 하지만 엉덩이 한쪽조차 걸치지 못하는 의자에 앉기란 애당초 불가능한 일이었다.

잠시 고심하던 바투는 칼릭스 앞에 무릎을 꿇었다. 거인족 전사로서 자존심이 상하긴 했지만 그렇게 하지 않으면 칼릭스와 눈높이를 맞출 수가 없을 것 같았다.

시키지도 않았는데 알아서 몸을 낮추는 바쉬를 바라보며 칼릭스는 슬쩍 입가를 비틀었다.

스스로 주인을 고르는 노예답게 하는 짓도 제법 영악스러웠다.

하지만 그렇다고 해서 바쉬의 모든 게 마음에 드는 건 아니었다.

칼릭스가 원하는 바쉬는 기다란 창을 거침없이 휘두르던 우악스럽고 용맹한 전사다.

무투 노예의 신분에서 벗어나기 위해 발버둥 치는 지금의 모습은 그다지 매력적이지 않았다.

그것은 바쉬도 마찬가지였다. 생각지도 못하게 칼릭스와 대면하긴 했지만 바쉬는 그를 주인감으로 조금도 생각하지 않고 있었다.

"당신은 누굽니까? 어떻게 우리말을 아는 겁니까?"

바쉬가 아까 했던 질문을 다시 주절거렸다. 마치 그 이외는 궁금한 게 없다는 듯이 말이다.

"내가 누구인지는 곧 알게 될 거야. 내가 어떻게 너희 말을 아는지도 말이지."

칼릭스도 일부러 대답을 회피했다. 솔직히 이 자리는 서로 통성명이나 하자고 마련한 게 아니었다. 그런 건 나중에 바쉬의 주인이 된 이후에 해도 늦지 않았다.

그보다는 자신의 운명에 바쉬의 운명을 끼워 넣는 게 먼저였다.

"좋은 주인을 찾는다고 들었다."

칼릭스가 넌지시 운을 뗐다. 자연스럽게 바쉬의 눈썹이 살짝 꿈틀거렸다.

칼릭스와 마주한 순간 바쉬도 둘 중 하나일 것이라 생각했다.

관리인들을 통해 접촉해 오는 수많은 귀족처럼 자신을 손에 넣고 싶어 하는 자. 혹은 승부 조작을 통해 돈을 벌어 보려고 하는 자.

어느 쪽이든 바쉬에게는 달가운 상대가 아니었다. 그럼에도 굳이 칼릭스를 상대하고 있는 건 그가 자인트어를 구사할줄 알기 때문이었다.

그러나 이어지는 칼릭스의 말은 바쉬의 예상을 완전히 빗나가 버렸다.

"그거야 무투 노예의 특권이니 내가 상관할 바는 아니지만 여기서는 좋은 주인을 구하기 힘들 거다."

"……?"

순간 바쉬의 눈동자가 적잖게 커졌다. 그러자 칼릭스가 피식 웃음을 흘렸다.

"왜? 내가 네 주인이라도 될까 봐 걱정했나 보지?"

제법 영악한 척 굴긴 했지만 그래 봐야 단순한 거인족일 뿐이었다. 큰 얼굴을 통해 드러나는 감정들을 전부 숨기긴 불가능했다.

"그럴 필요 없다. 내가 널 여기서 데리고 나가려는 건 사실이지만 네 주인이 되고 싶은 마음은 없으니까."

칼릭스가 대수롭지 않게 중얼거렸다.

단호한 말투는 아니었지만 적어도 그 말 속에 거짓은 느껴지지 않았다.

"대체 날 누구에게 팔아넘길 생각입니까?"

칼릭스의 속내를 알아챈 바쉬가 단도직입적으로 물었다.

"일단은 이 세상의 주인이 될 사람 정도라고 해 두지."

칼릭스가 빙긋 웃었다. 그 한마디에 바쉬의 두 눈이 욕망으로 물들었다.

17장

마샤드 Part 2

1

"흠. 별일 없나 본데?"

두터운 철문에 귀를 댄 채 방 안을 엿듣던 제롭이 고개를 갸웃거렸다.

분명 한바탕 소란이 일거라 여겼는데 생각보다 방 안은 조용하기만 했다.

"혹시 무슨 일이 있으면 바로 나한테 알려. 알았지?"

제롭이 철문 앞을 지키고 있는 벙어리 노예에게 말했다. 그러자 벙어리 노예가 대답 대신 깊숙이 허리를 굽혔다.

"그럼 나는 저쪽으로 가보실까?"

제롭은 씩 웃으며 반대편 경기 대기실 쪽으로 발걸음을 옮겼다. 그곳에는 파투와 두 명의 성노예가 들어가 있었다.

아마도 지금쯤 끈적끈적한 교성이 울려 퍼지고 있을 터. 비록 두 눈으로 보지는 못한다 하더라도 이 기회를 놓치고 싶지 않았다.

그러나 정작 그 방 안도 조용하긴 마찬가지였다.

"뭐야? 설마 벌써 끝난 건가?"

살짝 미간을 찌푸리던 제롭이 벙어리 노예를 바라봤다. 그러자 제롭의 속내를 알아챈 벙어리 노예가 가볍게 고개를 흔들었다.

"아니야? 그럴 리가 없는데."

제롭은 다시 고개를 갸웃거렸다. 경기 전에 긴장과 성욕을 풀어줄 이유가 아니라면 일개 성노예 따위가 무투 노예를 만날 리 없었다.

"뭐야? 대체 안에서 뭘들 하는 거야?"

제롭이 불만스럽게 투덜댔다. 마음 같아서는 슬쩍 문을 열고 확인해 보고 싶었지만 차마 그럴 수 없다는 사실이 짜증스럽기만 했다.

상황이 마음에 들지 않는 건 제롭만이 아니었다.

졸지에 남매 상봉에 끼어버린 레므나도 머쓱하긴 마찬가지였다.

게다가 파투라는 노예는 일면식이 있는 자였다. 과거 자신에게 실종된 누이의 행방을 물어보던 야수족 전사가 틀림없었다.

'그런데 그때 내가 뭐라고 떠들어댔더라?'

레므나가 살짝 미간을 찌푸렸다. 진심으로 점술을 볼 때는 미아우들에게 허락된 심안을 열기 때문에 자신이 무슨 말을 했는지 잘 기억이 나지 않았다.

그러나 레므나의 궁금증은 어렵지 않게 풀렸다.

"그런데 대체 왜 여기서 이러고 있는 거야?"

한참 동안 파투의 얼굴을 쓰다듬던 타르샤가 울먹이듯 물었다. 그러자 파투가 씩 웃으며 대답했다.

"용한 점술사에게 점을 봤어."

"점?"

"응. 여기서 기다리고 있으면 누나를 볼 수 있다고 했어."

"아……."

파투의 말이 끝나기가 무섭게 레므나의 입에서 탄성이 흘러나왔다.

그제야 자신이 했던 말이 얼핏 떠오른 것이다. 하지만 그때는 설마하니 이들 남매와 이런 식으로 얽히리라고는 상상조차 하지 못했다.

어찌 보면 파투는 자신 때문에 지하 무투장의 노예가 된 것이나 다름없었다.

　야수족 전사가 지하 무투장에서 타르샤가 나타나길 기다릴 수 있는 유일한 방법은 무투 노예가 되는 것뿐이었다.

　그렇다고 해서 딱히 파투에게 미안한 감정은 들지 않았다.

　파투는 타르샤를 찾길 원했고 레므나는 그걸 알려준 것뿐이었다.

　그리고 결과적으로 이렇게 만나게 됐으니 문제될 건 아무것도 없었다.

　"그런데 누나는 어떻게 된 거야?"

　파투가 타르샤의 옷차림을 바라보며 물었다. 제법 화사한 드레스를 입고 있긴 했지만 그렇다고 타르샤가 귀족이 됐다고 생각되지는 않았다.

　"노예 사냥꾼들에게 잡혀서…… 지금은 노예 신세야."

　타르샤가 힘없이 중얼거렸다. 파투를 만난 건 더없이 기쁜 일이었지만 그렇다고 해서 그녀의 신분이 달라지는 건 아니었다.

　"노예라니? 설마 밤노예라도 된 거야?"

　파투의 얼굴이 딱딱하게 굳어졌다. 타르샤에게 무슨 일이 생기지 않길 빌고 또 빌면서 지하 무투장에서 버텨 왔는데 이래서는 아무런 의미가 없었다.

　타르샤는 대답 대신 가볍게 고개를 끄덕였다. 칼릭스 덕분에 험한 꼴을 보진 않았지만 성노예로 팔려 온 건 분명한 사실이었다.

그러자 파투의 얼굴이 험악하게 굳어졌다. 그리더니 흥분을 참지 못하고 고래고래 악을 내질렀다.

"그 점술사가 거짓말을 했어! 누나한테 아무 일도 없을 거라고 했단 말이야!"

그 소리가 어찌나 사납던지 문밖에서 안쪽을 몰래 엿듣던 제롭이 깜짝 놀라 엉덩방아를 찧고 말았다.

그건 레므나도 마찬가지. 자신이 그런 말까지 했으리라고는 미처 예상하지 못한 듯 큰 눈을 깜빡거렸다.

하지만 정작 타르샤는 그저 웃기만 했다. 레므나의 점술처럼 그녀는 파투가 걱정할 만한 일을 겪지 않았다.

"난 괜찮아."

타르샤가 파투의 얼굴을 쓸어내리며 말했다. 어린 시절부터 파투는 얼굴을 쓰다듬어주면 흥분을 가라앉히곤 했다.

그러나 그것만으로는 누나를 지키지 못했다는 자괴감에 빠진 파투를 달랠 수가 없었다.

"이것 봐. 정말이야."

타르샤가 파투에게 등을 보이며 말했다. 그녀의 오른쪽 어깻죽지 밑에는 붉은색 반점이 선명하게 남아 있었다.

그건 귀한 혈통을 이어받은 야수족 여자들이 처녀성을 지

키겠다는 의미로 몸에 새기는 일종의 주술 문양 같은 것이었
다.

그리고 그 주술 문양은 처녀성을 잃는 순간 함께 사라지고
만다.

"어떻게 된 거야?"

반점을 확인한 파투가 놀란 얼굴로 물었다. 성노예가 되었
는데 아무 일도 없다니. 그의 상식으로는 도저히 이해가 가지
않았다.

하지만 지금은 그 사정을 일일이 설명해 줄 시간이 없었다.

"그건 나중에 우리 주인님한테 물어봐."

"우리…… 주인님?"

"그래, 그리고 지금은 내가 시키는 대로 해."

타르샤는 그제야 파투에게 레므나를 소개시켜 주었다. 이
미 오래전에 인연이 있었던 사이였지만 파투는 레므나가 카
산드라였다는 사실을 전혀 눈치채지 못했다.

"난 레므나라고 해요. 그리고 지금부터 주인님의 말씀을
대신 전할 테니까 잘 들어요."

레므나는 일단 칼릭스가 마샤드의 우승을 원한다는 사실
을 일렀다. 그리고 8강전에서 바쉬를 만나게 될 것이라는 것
도 덧붙였다.

"그런 거라면 어렵지 않습니다."

파투는 대수롭지 않게 고개를 끄덕였다. 지금껏 재활용 노예로 살아온 건 타르샤를 만나지 못했기 때문이다.

하지만 이렇게 타르샤와 재회를 한 이상 바쉬가 아니라 그보다 더 대단한 무투 노예가 등장한다 하더라도 기필코 쓰러뜨릴 생각이었다.

그러나 단순히 의지만으로 우승을 단언할 만큼 마샤드는 만만치가 않았다. 게다가 파투는 승승장구해서는 안 되는 상황이었다.

"그러니까 아슬아슬하게 이겨야 한단 말입니까?"

"맞아요. 누가 보더라도 운이 따랐다고 할 만큼."

"흠……."

파투가 미간을 찌푸렸다. 그렇게 결승까지 올라 우승을 한다는 게 무슨 의미가 있을지 역시나 이해가 가지 않았다.

하지만 레므나는 파투를 이해시키기 위해 이 자리에 따라온 게 아니었다.

그녀의 역할은 어디까지나 리후라드 후작을 비롯해 그 어떤 귀족들도 파투를 우승자로 여기지 않도록 만드는 것이었다.

"당신은 힘을 비축해 가며 싸우기만 하면 되요. 나머지는 내가 도울게요."

레므나가 미리 아공간에서 빼놓은 나무 상자를 꺼내며 말했다. 그러자 나무 상자의 정체를 알아본 파투의 표정이 달라 졌다.

"설마 내게 주술을 걸 생각입니까?"

"맞아요."

"주술로 내 힘을 억제할 생각입니까?"

파투는 자신이 전력을 다하면 이루지 못할 게 없다고 여겼 다.

비록 호리호리한 체격이었지만 그는 바람 부족 최강의 전 사의 피를 물려받았다. 그리고 부족 역사상 가장 어린 나이에 대전사의 칭호까지 얻어냈다.

그렇다 보니 아슬아슬한 승부를 위해 레므나가 힘을 억누 르려는 것이라 여겼다.

그러나 레므나가 주술 상자를 꺼낸 이유는 따로 있었다.

"당신의 힘을 억제할 생각은 없어요. 그리고 힘을 아끼라 고 말하긴 했지만 정말로 그럴 수 있을지도 모르겠고요."

"그건 무슨 소리입니까?"

"무슨 소리인지는 직접 부딪쳐 보면 알겠죠. 난 단지 당신 이 지쳐 보이도록 만들 거예요. 다른 사람들의 눈을 속이기 위해서 말이에요."

"……?"

파투가 이해할 수 없다는 얼굴로 타르샤를 바라봤다. 하지만 타르샤도 파투에게 해줄 수 있는 말이 없었다.

"시간이 없으니까 옷 벗고 등 내밀어요."

레므나가 재촉하듯 말했다. 그렇게 파투의 등판에 정체불명의 주술 문양이 새겨졌다.

2

철커덩.

굳게 닫혔던 철문이 열렸다. 그 너머로 칠흑 같은 어둠이 넘실거렸다.

"나와라."

마르쿰의 지하 감옥을 책임지는 분나르가 어둠을 향해 소리쳤다. 그러자 잠시 후.

드르르륵.

바닥을 긁는 쇳소리와 함께 깡마른 다크 엘프 하나가 어둠 속에서 걸어 나왔다.

오랜만에 감옥에서 벗어난 다크 엘프의 표정은 무료하기만 했다. 그러나 그의 눈빛은 분나르의 뒤편에 서 있는 놈벨을 향해 매섭게 번뜩였다.

'저놈의 눈빛은 여전하군.'

놈벨은 자신도 모르게 흠칫 몸을 떨었다.

명색이 지하 무투장의 총관리인인만큼 근엄한 모습을 보이고 싶었지만 자신의 나약함을 꿰뚫어보는 듯한 다크 엘프 앞에서는 도저히 그럴 수가 없었다.

"내가 그따위 눈빛 하지 말라고 했지!"

놈벨을 대신해 분나르가 채찍을 휘둘렀다. 짜악 하는 소리와 함께 다크 엘프의 옆구리가 시뻘겋게 달아올랐다.

그러나 다크 엘프는 눈 하나 까딱하지 않았다. 오히려 보란 듯이 싯누런 송곳니를 드러냈다.

변종 엘프로 취급받고 있지만 엘프와 다크 엘프는 태생부터가 달랐다.

호리호리한 체형에 날래고 인간에게 필요 이상으로 적대적인 건 같았지만 호전성과 잔인함, 영악함에 있어서 엘프는 감히 다크 엘프를 따라갈 수가 없었다.

실제로 이종족 노예들을 교육하는 데 가장 많은 시간이 필요한 게 바로 다크 엘프였다. 게다가 교육이 끝난 다크 엘프라 하더라도 안전한 게 아니었다.

음흉하게 본성을 억누르고 있을 뿐이지 언제 어떻게 폭발할지 알 수가 없었다.

게다가 눈앞의 다크 엘프는 재수없게 노예 사냥꾼에게 잡혀 들어온 부류가 아니었다.

검은 암살자라 불리는 자질리온이었다. 그를 감옥에 가둬 채찍질해서 교육시킬 수 있다고 생각하는 것부터가 무리일지 몰랐다.

그러나 분나르의 눈에는 굴복시켜야 하는 수많은 노예 중 하나일 뿐이었다.

"이놈이!"

채찍을 든 옥지기의 팔이 다시 솟구쳤다. 팔뚝을 타고 치솟은 핏줄이 당장에라도 자질리온을 박살 낼 것처럼 힘껏 부풀어 올랐다.

하지만 놈벨은 자질리온의 교육 상태를 보기 위해 지하 감옥에 내려온 게 아니었다.

"그만."

"……예?"

"그만하라고. 그리고 옷은 왜 벗겨 놓은 거야?"

분나르를 말리며 놈벨이 이맛살을 찌푸렸다. 노예를 엄하게 대하는 것까지는 좋은데 홀딱 벗겨 놓은 탓에 보기 싫은 부분들까지 눈에 들어오고 말았다.

"그, 그야 교육 차원에서……."

분나르가 그럴듯한 변명을 늘어놓았다.

지하 감옥의 책임자임과 동시에 노예들의 교육을 담당하는 위치에 있다 보니 때로는 지나치리 만치 가혹해지는 경우도 생겼다.

그러나 놈벨은 코웃음을 쳤다.

"교육은 무슨. 보나마나 다크 엘프라고 엄하게 대했겠지."

분나르는 거인족의 피가 흐르는 하간트(인간과 거인족의 혼혈)다.

인간의 형상을 하고 있긴 하지만 골격이나 무지막지한 완력은 거인족이라 봐도 무방할 정도였다.

그리고 예로부터 거인족과 다크 엘프는 앙숙 관계였다.

수많은 시간이 지나 그 원한이 흐려지지 않았다면 아마 지금쯤 자질리온은 분나르의 구타에 온몸의 뼈가 가루가 됐을지 몰랐다.

"그런 거 아닙니다."

분나르가 불만스럽게 투덜거렸다.

지하 감옥의 책임자로서 노예 관리는 전적으로 그의 소관이었다. 제아무리 놈벨이라 하더라도 자신의 교육 방침에 간여하는 건 서운한 노릇이었다.

더욱이 자질리온은 최근에 들어온 노예들 중 가장 말을 안 듣고 있었다.

그 이면에는 거인족에 대한 무시와 반감이 깔려 있기 때문에 분나르도 거칠어질 수밖에 없는 것이다.

하지만 놈벨은 두 이종족간의 해묵은 감정에는 별로 관심이 없었다. 지금 그가 원하는 건 자질리온이었다.

교육이 덜 되어 통제가 불가능하다 하더라도 지금으로서는 그가 필요했다.

"됐으니까 저 녀석 풀어줘."

"예?"

"풀어주라고."

"하지만……."

교육 상태가 불량하다고 말하려던 분나르가 이내 입을 다물었다. 잔뜩 찌푸린 놈벨의 표정으로 보아 자질리온을 풀어줘야만 하는 사정이 생긴 게 뻔했다.

"운도 좋군."

분나르가 어쩔 수 없다는 자질리온의 발 앞으로 몸을 낮췄다. 그리고 그리고 팔찌처럼 찬 마정석을 자질리온의 발목에 채워진 족쇄 쪽으로 가져다댔다.

"해제."

분나르의 목소리를 인식한 마정석이 붉은빛으로 변했다. 그와 동시에 자질리온이 도망치지 못하도록 그를 옥죄고 있던 족쇄가 착 하고 풀려 나갔다.

족쇄를 풀어주면서도 분나르는 긴장의 끈을 놓지 않았다. 그동안 자신에게 쌓였던 게 많을 테니 분명 무슨 일을 벌일 것이라 여겼다.

그러나 자질리온은 아무렇지도 않은 얼굴로 묶인 손목을

내밀었다. 자유의 몸이 된 마당에 분나르를 공격해 다시 감옥에 갇힐 만큼 그는 어리석지 않았다.

"쳇."

눈가를 찌푸리며 분나르가 자질리온의 손목을 뱀처럼 휘감고 있는 아티펙트를 향해 마정석을 내밀었다.

"해제."

분나르의 목소리에 반응한 아티펙트가 힘없이 바닥으로 떨어져 내렸다. 그제야 자질리온의 입가로 음흉한 웃음이 번졌다.

'이거 잘하는 짓일까?'

놈벨은 순간 등골이 오싹해졌다. 자질리온의 웃음 끝에서 지독한 살기가 느껴진 것이다.

하지만 이제 와 자질리온을 다시 구속하는 것도 쉽지 않았다. 만약을 대비했다면 분나르만 대동한 채 자질리온을 찾아오지도 않았을 것이다.

제아무리 분나르라 하더라도 전력을 다해 도망치려는 다크 엘프를 상대하긴 어려울 수밖에 없었다.

아니, 자질리온의 성격 상 이대로 도망만 칠 리 없었다. 자신이나 분나르, 둘 중에 하나는 기필코 죽이려 들 게 뻔했다.

"대륙어는 알아들을 수 있지?"

애써 마음을 다잡으며 놈벨이 자질리온을 바라봤다.

"말할 수도 있소."

자질리온이 대수롭지 않게 대답했다. 그리 복잡할 거 없는 대륙어쯤이야 얼마든지 구사할 수 있다는 투였다.

"자세한 이야기는 가면서 들어."

놈벨이 앞서 걸으며 말했다. 자질리온을 등 뒤에 두는 게 께름칙하긴 했지만 설마하니 자신의 목숨을 노릴 것이라고는 생각되지 않았다.

자질리온은 에르비스에서 벌어진 살인 사건의 유력 용의자로 붙잡힌 범죄자였다.

혐의를 부인하는데다가 증거가 없어서 지하 감옥에 수감되긴 했지만 만일 여기서 사고를 친다면 그때부터는 꼼짝없이 살인자로 낙인찍힐 수밖에 없었다.

검은 암살자라는 악명으로 불리는 암살자라 하더라도 살인자의 낙인은 달갑지 않았다.

에르비스에서 살인자로 공표할 경우 제국의 그 어떤 영지에도 발을 들일 수가 없었다.

발견 즉시 병사들이 몰려들 테니 맘 편히 움직이는 것조차 어려워진다.

거기다 현상금까지 걸릴 경우에는 암살자의 삶을 포기할 수밖에 없었다. 현상금 사냥꾼은 인간들만 있는 게 아니었다.

인간 세상에 적응한 이종족들 중 일부는 자신들의 뛰어난 신체 능력을 적극적으로 이용하는 경우가 많았다.

　제아무리 날랜 다크 엘프라 하더라도 그들 모두를 적으로 돌리고 살아가기란 어려울 수밖에 없었다. 자질리온이 순순히 지하 감옥행을 받아들인 것도 그런 이유 때문이었다.

　게다가 마르쿰의 지하 감옥은 단순한 감옥이 아니었다. 그보다는 부족한 무투 노예의 공급처나 마찬가지였다.

　실제로 수감된 노예들 중 쓸 만한 이들은 지하 무투장으로 차출되곤 했다.

　그중 상당수가 살아 돌아오지 못했지만 일부는 운 좋게 본선에 올라 세상 구경을 시켜 줄 주인을 만나기도 했다.

　자질리온도 자신에게 그런 기회가 오길 기다렸다.

　암살자가 공개적인 장소에서 싸우는 건 불리하다고 하지만 그거야 나약한 녀석들의 이야기였다.

　암살자이기 이전에 일족의 전사로 활약했던 자신에게는 해당 사항이 없었다.

　그리고 그 기회가 생각보다 일찍 찾아온 것 같았다.

　"지금부터 내가 하는 말 잘 들어."

　지상으로 향하는 계단을 오르며 놈벨이 나직이 중얼거렸다. 그 소리가 통로를 타고 자질리온의 귓속으로 빠짐없이 스며들었다.

3

마샤드가 열릴 때마다 동원되는 무투 노예의 수는 대략 삼백에 달했다.

그들 중 놈벨이 정한 대진표를 따라 올라가 본선에 진출할 수 있는 수는 고작 열여섯에 불과했다.

하지만 토너먼트 방식에서 모든 경쟁자를 상대할 필요는 없었다.

본선까지 필요한 승리는 네 번에서 다섯 번에 불과했다. 네다섯 명의 경쟁자만 꺾으면 수많은 예비 주인 앞에서 실력을 뽐낼 수 있게 되는 것이다.

게다가 본선에 진출할 노예들 역시 놈벨이 점찍어 놓은 경우가 대부분이었다. 그들에게 굳이 통보를 하지는 않았지만 대진표만 확인해도 그 정도는 얼마든지 확인할 수 있었다.

"별일 없겠군."

여유로운 얼굴로 대진표를 유심히 살피던 하프 오크 전사 카케로크의 시선이 어느 순간 딱 하고 멈춰 섰다.

이번만큼은 결승전까지 올라가고 싶었는데 하필이면 4강전 상대가 승승장구하던 바쉬였다.

"제길."

카케로크가 눈가를 찌푸렸다. 이번에는 지하 무투장을 벗어나나 했는데 아무래도 어려울 것 같았다.

현재 남은 그의 목숨은 하나뿐이었다. 지난 두 번의 마샤드에서 무려 여덟 번이나 승리를 했지만 본선 첫 경기에서 지면서 자유의 꿈도 물 건너가고 말았다.

만일 이번에도 바쉬의 벽을 넘지 못한다면 재활용 노예로 전락하고 말 것이다.

물론 본선에 진출할 수 있는 실력자인 자신을 괄시하지는 않겠지만 그래도 한동안 지하 무투장을 벗어날 수 없다는 사실이 짜증스럽기만 했다.

"바쉬 이 자식은 대진운도 좋군그래."

카케로크의 옆에서 대진표를 살피던 또 다른 거인족 전사 크루거가 퉁명스럽게 주절거렸다.

예선전 상대야 대부분 이름뿐인 무투 노예들이니 차치하더라도 16강전 상대가 하필이면 다크 엘프였다.

게다가 8강전에서 맞붙을 상대는 쉽게 예측이 되지 않았다. 그렇다는 건 그만큼 변수가 존재한다는 의미였다. 그리고 그런 변수는 치열한 경기로 이어지는 경우가 많았다.

손쉽게 8강에 오른 바쉬와 힘겹게 8강에 오른 상대의 싸움은 보지 않아도 뻔했다.

그런 바쉬를 상대해야 한다는 생각만으로도 카케로크는 머리가 지끈거렸다.

하지만 정작 바쉬는 태연하지 못했다. 아니, 태연할 수가 없었다. 칼릭스가 단언하듯 내뱉은 그 한마디 때문이었다.

"넌 16강전에서 파투에게 질 거야. 그리고 그때 난 널 사겠어."

처음 그 말을 들었을 때만 하더라도 칼릭스가 농담을 하는 것이라 여겼다.

그렇지 않고서야 두 번의 마샤드에서 연달아 우승한 자신이 16강전에서 떨어질 것이라 여기진 못할 터였다.

그러나 칼릭스의 표정은 더없이 진지하기만 했다. 마치 미래를 내다 본 점술사라도 되는 것처럼 말이다.

'저딴 놈이 날 이긴다고?'

바쉬의 시선이 구석에 앉아 있는 파투에게 향했다. 그의 시선을 느낀 것일까. 파투가 슬며시 눈을 들었다.

순간 바쉬의 눈동자가 매섭게 일그러졌다. 파투의 눈빛 너머에서 짙은 적개심을 느낀 것이다.

'저놈이!'

바쉬가 보란 듯이 이를 드러냈다. 평소 눈에도 띠지 않았던 비리비리한 녀석이 겁도 없이 자신을 노려본다는 사실이 치욕적으로 느껴졌다.

하지만 파투는 그런 바쉬의 도발에 동요하지 않았다. 굳이 으르렁거리지 않아도 어차피 본선 8강전에서 만날 상대였다.

들끓는 감정을 억누르며 파투는 자신의 이름이 불리길 기다렸다. 그렇게 얼마가 지났을까.

"파투! 베바룽! 나와!"

관리인의 목소리가 터져 나왔다.

"어이, 파투. 살살 하자고."

재활용 노예로 이골이 나다시피 한 베바룽이 파투의 어깨를 두드리며 웃었다. 둘 중 누가 올라간다 하더라도 본선 진출은 쉽지 않아 보였다.

그러나 파투는 더 이상 몸을 사리던 예전의 파투가 아니었다.

"좋아. 그렇게 하자고."

파투가 가볍게 웃어 보였다. 그것을 져 주겠다는 의미로 받아들인 베바룽의 입가가 더욱 길게 찢겨 올랐다.

하지만 막상 경기가 시작되기가 무섭게 파투는 저돌적인 야수족 전사의 모습으로 돌변했다.

"자, 잠깐! 파투! 야! 야 인마!"

매섭게 휘몰아치는 파투의 주먹질에 베바룽은 이렇다 할 공격조차 하지 못하고 무너져 내렸다.

그제야 베바룽은 파투에게 속았다는 사실을 깨달았다. 몇 푼 되지 않는 승리 수당을 챙기기 위해 욕심을 부린 것이라고 여겼다.

"더럽고 치사한 놈아! 다음 경기에서 확 팔이나 부러져 버려라!"

마지못해 패배를 받아들인 베바룽이 파투를 향해 악담을 내뱉었다.

그러나 애석하게도 그의 저주는 엉뚱한 곳으로 튀어버렸다. 두 번째 경기에서 파투와 맞붙은 노예가 양팔이 부러지는 중상을 입은 것이다.

"저 빌어먹을 자식이!"

베바룽은 바짝 약이 올랐다. 다치라는 파투는 멀쩡하고 엉뚱한 녀석의 팔만 부러졌으니 짜증이 치밀었다.

"고만! 고만!"

베바룽은 파투의 세 번째 상대인 고만을 찾아갔다. 그리고 그에게 파투의 약점을 자세히 설명해 주었다.

"저 자식은 말이야 많이 움직이는 걸 귀찮아한다고. 딱 봐도 비실비실해 보이잖아? 그러니까 최대한 시간을 끌어."

"시간을 끌라고? 그냥 시간만 보내란 말이야?"

"으이그. 이 답답한 놈아. 네 장점이 뭐야? 오우거처럼 긴 팔이잖아."

"누구보고 오우거래?"

"어쨌든 무대 중앙에 서서 네 그 긴 팔을 맘껏 휘두르란 말야. 그럼 저 녀석은 함부로 접근하지 못하고 네 주위만 빙빙

돌 거 아냐."

"아하, 그렇게 해서 진을 빼놓으라고?"

"그래, 그러다 지친 기색을 보이면 그대로 콱!"

"크흐. 무슨 말인지 알겠다."

베바룽은 이번만큼은 파투가 질 것이라 확신했다. 자신만큼 재활용 노예 생활을 오래한 고만이라면 파투쯤은 손쉽게 요리할 것이라 여겼다.

"그놈 콧대를 부숴 버리라고!"

호명을 받고 나가는 고만을 향해 베바룽이 힘껏 소리쳤다. 하지만 정작 콧대가 부러진 건 이번에도 고만이었다.

"뭐, 뭐야? 뭐가 어떻게 된 거야?"

얼굴이 퉁퉁 부은 채 나타난 고만을 보며 베바룽이 호들갑을 떨었다. 그러자 고만이 힘겹게 입을 빌렸다.

"이에 다 너 때으이야."

"뭐라고?"

"이에 다 너 때으이아고!"

"뭔 소리인지 못 알아듣겠으니까 나중에 이야기하자."

베바룽은 고만이 자신의 조언 때문에 일방적으로 파투에게 두들겨 맞았다는 사실을 전혀 알지 못했다.

아니, 파투가 지금껏 실력을 숨겨 왔을 것이라고는 꿈에도 생각지 못했다.

"운 좋게 이기긴 했다만 여기까지다."

다시 대진표 앞에 선 베바룽이 퉁명스럽게 중얼거렸다. 파투가 만날 수 있는 재활용 노예는 고만까지였다.

본선 진출을 가리는 마지막 예선 경기의 상대는 지난 대회에서 8강에 올랐던 코쿠만이었다.

베바룽은 당연히 코쿠만의 승리를 점쳤다. 그러면서 내심 파투가 무참히 깨지길 바랐다.

"이번 기회에 콱 불구나 되라지. 아니지. 생각해 보니 그놈은 원래 불구잖아? 크흐흐."

대부분의 무투 노예들은 경기가 끝나면 지하 무투장에서 따로 운영하는 비밀 술집 몽테르로 몰려간다.

세금을 물지 않아 술값이 저렴한데다가 여자들도 많아서 무투 노예들에게는 최고의 유흥 시설이나 다름없었다.

그러나 실제 그곳에 술을 마시러 가는 노예는 아무도 없었다.

루아렛 이외에는 윤락 시설을 허락하지 않는 에르비스의 규칙 때문에 술집으로 둔갑해 있을 뿐 그곳은 창녀촌이나 다를 바 없었다.

나이를 먹고 루아렛에서 밀린 창녀들은 대륙을 떠돌기 전에 마지막으로 몽테르에 몰려든다.

그리고 무투 노예들은 패배의 아픔을 그녀들과의 뜨거운

하룻밤으로 달랜다. 이것이 지하 무투장의 오랜 전통이었다.

그러나 파투는 지금껏 단 한 번도 몽테르에 간 적이 없었다. 몇몇 노예가 꾀어 봤지만 마찬가지였다.

그래서일까. 무투 노예들 사이에서 파투가 사내구실을 못하는 것인지도 모른다는 소문이 나돌고 있었다.

"어차피 쓰지도 못할 거 이번 기회에 확실히 정리해 버리라고."

문 쪽을 바라보며 베바롱이 짓궂게 주절거렸다. 바로 그 순간,

"끄아아아악!"

고쿠만의 자지러지는 비명 소리가 노예 대기실까지 울려 퍼졌다.

4

"마, 말도 안 돼!"

믿었던 고쿠만이 무너지자 베바롱은 당혹스러움을 감추지 못했다.

그것도 고쿠만이 파투의 발길질에 국소를 맞아 실신했다는 이야기를 듣고는 온몸에 소름이 돋을 정도였다.

'어떻게 내 저주가 전부 빗나가는 거야?'

베바롱은 다급히 자신의 입을 틀어막았다. 괜히 입을 함부로 놀려서 파투가 운 좋게 승리를 거둔 것만 같았다.

생각지도 못했던 파투의 본선행에 놀란 건 베바롱만이 아니었다.

"저 녀석이 이겼다고?"

"뭐가 어떻게 된 거야?"

노예 대기실이 크게 술렁였다. 마치 말도 안 되는 일이 벌어지기라도 한 듯 말이다.

그만큼 파투는 재활용 노예들 중에서도 약체로 꼽혔다.

격렬한 싸움을 피하다 보니 크게 다치는 일도, 상대를 다치게 하는 일도 드물었지만 경기 내용이 형편없는 경우가 많았다.

그래서 자신의 대진표에 파투가 걸리면 대부분의 무투 노예들은 승리를 낙관하는 편이었다.

그런데 다른 이도 아니고 고쿠만을 박살 내다니? 이건 단순히 운이 따랐다고만 보기 어려운 결과였다.

그러나 아직까지도 사태의 심각성을 알지 못하는 무투 노예들은 존재했다. 파투의 본선 첫 경기 상대인 에르밀손도 그중 한 명이었다.

에르밀손은 이종족 노예들이 판을 치는 지하 무투장에 몇 안 되는 인간 노예였다.

완력이 대단하고 몸집이 오크만큼이나 건장해 순수 혈통이 아닐 거라는 의심을 사고 있긴 했지만 이종족 노예들이 득실거리는 노예 대기실 안에서는 그 누구보다 인간스러웠다.

"파투라. 크흐. 운이 따르는군."

땀조차 흐르지 않은 몸을 수건으로 닦아내며 에르밀손이 한껏 입가를 비틀어 올렸다.

다른 본선 진출자들처럼 손쉽게 승리를 거둔 그는 여유가 넘쳤다. 파투가 전 대회 본선 진출자였던 고쿠만과 싸우며 적잖게 지쳤을 거라 여긴 탓이다.

설사 지치지 않았다 하더라도 큰 상관은 없었다. 야수족임에도 불구하고 자신보다 몸집이 작은 파투에게 질 것 같은 생각은 애당초 들지 않았다

"이봐, 베바롱. 어디 나한테도 떠들어 보지 그래?"

에르밀손이 구석에 쳐 박혀 있는 베바롱을 놀리듯 말했다. 베바롱이 파투의 대전 상대들을 찾아다니며 입방정을 떨어대는 걸 본 모양이었다.

그러나 베바롱은 입을 꾹 다문 채로 고개를 흔들어댔다.

에르밀손 같은 강자에게 자신의 조언이 필요할 리 없었다. 게다가 어쩌면 이번에도 저주가 역으로 걸릴지 모를 일이었다.

"흥! 쓸데없이 입을 나불거릴 시간 있으면 나가서 이 몸에

게 돈이라도 걸고 와. 내 기필코 돈을 따게 만들어줄 테니까."

에르밀손이 가슴을 두드리며 큰소리를 쳤다. 무투 노예들은 도박 참여가 금지되어 있다는 사실을 뻔히 알면서도 떠들어댈 만큼 그는 자신감에 차 있었다.

하지만 정작 경기 결과는 에르밀손의 예상을 완전히 빗나가버렸다.

"헉. 허억."

경기가 시작되기도 전부터 파투의 입에서는 거친 숨소리가 흘러나왔다. 그 숨소리만큼이나 그의 온몸은 흘러내리는 땀으로 젖어 있었다.

에르밀손은 파투가 실로 오랜만에 밟은 본선 무대에 잔뜩 긴장한 것이라 여겼다.

그래서 장기인 페슬라(대륙 남부의 전통 씨름)를 버리고 주먹 싸움을 선택했다.

마음 같아서는 단숨에 파투의 허리를 낚아채서 바닥으로 처박아 버리고 싶었지만 온몸이 땀으로 범벅이 된 남자를 끌어안는 건 썩 바람직해 보이지 않았다.

'저딴 비리비리한 주먹에 맞아봐야 얼마나 아프겠어?'

에르밀손은 다른 대전 상대들처럼 파투의 무투술을 얕잡아 봤다.

대부분의 이종족이 빠른 몸놀림을 바탕으로 상대를 압박하긴 하지만 그건 어디까지나 기술이 아니라 본능에 가까웠다.

그렇다 보니 경험 많은 상대에게는 통하지 않는 경우가 많았다.

그러나 막상 파투의 주먹을 받는 순간 에르밀손은 자신의 선택이 얼마나 잘못됐는지 알아버렸다.

팍! 파악!

사내치고는 크지 않은 파투의 주먹이 내는 파열음은 그리 크지 않았다. 그래서 본선 무대를 지켜보는 관중들의 눈에는 막무가내로 내지르는 주먹질로 느껴졌다.

하지만 정작 에르밀손은 너무나 고통스러워 비명조차 내지를 수가 없었다. 파투의 주먹이 교묘하게 관절과 관절 사이만 노리고 파고든 탓이다.

그러면서도 파투는 경기를 일방적으로 끌고 가지 않았다. 거의 발악에 가깝게 내지르는 에르밀손의 주먹을 전부 얻어맞았다.

몸의 땀 때문에 대부분이 빗나가긴 했지만 멀찍이서 지켜보는 관중들이 그것까지 알아채진 못했다.

덕분에 일방적이기만 한 경기는 팽팽한 것처럼 보였다. 그 착시가 관중들의 호응을 이끌어냈다.

"에르밀손! 좋았어! 그렇게 몰아붙이라고!"

"그딴 비리비리한 놈은 빨리 쓰러뜨려 버려!"

관중석 곳곳에서 에르밀손을 향한 응원의 목소리가 터져 나왔다.

실로 적지 않은 관중들이 파투의 연기에 현혹되어 에르밀손이 경기를 주도하고 있다고 착각하고 있었다.

그렇다 보니 정작 죽을 것 같았던 에르밀손도 쉽게 항복을 선언할 수가 없었다.

팍! 파악! 파악!

파투의 주먹이 꽂힐 때마다 온몸의 근육이 비명을 내질렀지만 에르밀손은 이를 악물었다. 그리고 어떻게든 파투를 쓰러뜨리기 위해 주먹을 내질렀다.

그러나 파투는 영악하게도 주먹에 채 힘이 실리기 전에 몸을 가져다댔다. 그래놓고선 마치 큰 충격이라도 받은 것처럼 거칠게 몸부림을 쳤다.

'이, 이런 개자식이……!'

파투가 파 놓은 함정에 빠져 버린 에르밀손은 결국 모든 체력을 소진한 채 바닥에 쓰러지고 말았다.

"승자는 파투!"

관리인이 냉큼 뛰어들어 와 거칠게 숨을 헐떡거리는 파투의 손을 들어 올렸다. 그와 동시에 관중석에서 야유와 함성이 쏟아져 나왔다.

"자, 여기 쓰러져 있는 에르밀손에게 관심이 있는 분 계십니까?"

채 몸조차 일으키지 못한 에르밀손을 매정하게 가리키며 관리인이 곧바로 경매를 시작했다.

지하 무투장의 규칙 상 패배자는 그 어떤 권리도 보장받지 못했다. 그 무대가 본선이라 하더라도 예외는 인정되지 않았다.

"나 참. 저딴 놈을 누가 사겠어?"

"내 말이. 고작 저런 비리비리한 놈한테 져 놓고서."

에르밀손에게 돈을 걸었던 귀족들이 하나같이 불만을 터트렸다.

파투에게 돈을 걸었던 이들도 마찬가지였다. 파투의 승리가 기쁘긴 했지만 그렇다고 거금을 주고 에르밀손을 살 마음은 없어 보였다.

그때였다.

"여기."

관중석 한 편에서 앳된 목소리가 흘러나왔다. 자연스럽게 관중들의 시선이 목소리를 따라 움직였다.

본선 경기장이 훤히 내려다보이는 2층 중앙. 그곳에서 키 작은 사내 하나가 가면을 뒤집어쓴 채 손을 들고 있었다.

"뭐야, 어린애잖아?"

"어린 공자가 마샤드 구경이라도 왔나 보지?"

가면으로 얼굴을 가리긴 했지만 대부분의 참가자는 사내의 정체를 짐작할 수 있었다.

성인으로 보기에는 작은 키에 아직 변성기가 지나지 않은 듯한 미성. 거기에 형편없는 에르밀손을 사겠다고 구는 안목까지.

보나마나 타국에서 온 귀족가의 공자가 멋도 모르고 나대는 것이라 여겼다.

게다가 가면을 뒤집어쓰고 있는 꼴도 우스웠다.

가면 경매는 유행이 한참 지난 일이었다.

특히나 자유 영지로 변모한 이후로 에르비스에서는 가면 경매가 완전히 자취를 감춰 버렸다. 자유 영지라는 취지와 어울리지 않다는 이유에서였다.

물론 대륙에는 아직도 가면 경매를 고수하는 상단도 없지 않았다.

그러나 그건 어디까지나 고가의 귀금속이나 희귀물을 경매하는 경우에 한했다.

고작 노예 하나 사는데 얼굴조차 공개하지 못할 만큼 간담이 작다면 애당초 지하 무투장에 들어오지 말았어야 했다.

"이거 오랜만에 장난 좀 쳐 봐?"

건너편에 있던 중년 귀족이 슬쩍 입가를 비틀어 올렸다. 진심으로 경매에 참여할 생각은 없지만 가면 소년이 싼 값에 에르밀손을 낚아채도록 두는 건 배가 아픈 일이었다.

그러자 옆에 있던 귀족이 냉큼 만류했다.

"진정해. 그러다 저 녀석이 겁이라도 먹고 꽁지를 빼면 어떻게 하려고? 그때 와서 농담이었다고 할 거야?"

"하긴. 아무것도 모르고 나섰을 텐데 처음부터 야박하게 구는 건 좀 그렇지?"

"당연하지. 꼴에 가면까지 뒤집어쓴 걸 보니 대단치 않은 집안의 자식일 게 뻔할 텐데, 안 그래?"

관중석이 조롱으로 술렁이는 사이 관리인은 가면 소년 쪽으로 다가갔다. 그리고는 모두가 들으라는 듯 큰 목소리로 물었다.

"에르밀손을 얼마에 구입하시겠습니까?"

관리인은 일부러 웃는 얼굴로 가면 소년을 자극했다. 에르밀손이 파투에게 진 건 생각지도 못한 일이었지만 그래도 관리인의 입장에서 헐값에 팔리도록 놔둘 수는 없는 노릇이었다.

에르비스 지하 무투장을 비롯한 각종 무투장에 이종족 무투 노예들이 판을 치다 보니 오히려 인간 무투 노예가 희귀한 상황이었다.

게다가 이종족에 비해 신체적인 능력이 열세인 인간이 무투술만으로 그들을 압도하는 건 솔직히 쉬운 일이 아니었다. 그렇다 보니 무투장에서 두각을 보이기도 어려웠다.

본선 첫 경기에서 지긴 했지만 에르밀손은 모두가 보는 앞에서 파투와 거의 대등하게 싸웠다.

이 정도면 충분한 실력을 갖추고 있다고 인정해 줘야 했다. 무작정 패배자라 낙인을 찍는 건 인간적으로 매정한 짓이었다.

아직도 대륙에는 이종족을 인간의 적으로 여기는 이들이 많았다.

이종족 노예는 거들떠보지도 않는 이들도 상당했다. 그렇다 보니 엇비슷한 실력일 경우에는 인간 무투 노예가 이종족보다 높은 값에 팔려 나가곤 했다.

이 모든 걸 감안했을 때 에르밀손의 적정가는 최소 3천 골드였다.

관리인은 가면 소년의 입에서 적어도 그 정도 금액이 나와주길 바랐다. 그러나 정작 가면 소년이 내뱉은 금액은 그의 예상을 단숨에 뛰어 넘어버렸다.

"만 골드."

"……예?"

"만 골드라고. 귀 먹었어?"

가면 소년의 퉁명스런 한마디에 웅성거리던 본선 경기장이 침묵 속으로 빠져들었다.

제아무리 철없는 귀족가 공자라 해도 그렇지 본선 첫 경기에서 떨어진 무투 노예에게 만 골드라니. 이건 치기 어리다 못해 멍청한 짓이나 다름없었다.

하지만 관중들 중 누구도 가면 소년을 비웃지 못했다. 곧바로 터져 나온 목소리 때문이었다.

"만 오천 골드."

멍 하니 가면 소년을 바라보고 있던 관리인이 뭐에 홀린 듯이 고개를 돌렸다. 공교롭게도 가면 소년의 건너편에 앉아 있는 중년 사내가 무표정한 얼굴로 손을 들어 올리고 있었다.

"다, 다시 한 번 말씀해 주시겠습니까?"

힘겹게 정신을 차린 관리인이 중년 사내에게 다가가 물었다. 그러자 중년 사내가 눈가를 찌푸리더니 그 자리에서 손에 든 금화 주머니를 내던졌다.

콰륵!

바닥에 떨어져 내린 금화 주머니가 요란하게 울렸다. 그 울림이 또다시 본선 경기장을 침묵으로 몰아넣었다.

흠칫 놀라 한발 물러섰던 관리인이 조심스럽게 금화 주머니를 살폈다.

떨리는 마음에 제대로 살피지 못했지만 얼핏 봐도 대금화가 100개는 넘어 보였다. 이 정도면 가면 소년이 제시한 금액보다 많았다.

"어, 어떻게 하시겠습니까?"

관리인이 다시 가면 소년에게 몸을 돌렸다. 보다 높은 참여금이 나온 이상 가면 소년도 손쉽게 에르밀손을 데려갈 수는 없었다.

"흠……."

고심이 되는 듯 가면 소년이 낮게 신음했다. 그러자 누군가가 가면 소년에게 다가오더니 귓속말을 속삭였다.

"그만두지."

가면 소년이 이내 퉁명스럽게 말했다. 그리고는 매서운 눈으로 중년 사내를 노려보았다.

자연스럽게 중년 사내, 리후라드 후작의 입가를 타고 짓궂은 웃음이 번졌다. 이렇게나마 가면 소년인 칼릭스에게 복수를 할 수 있어 즐거운 모양이었다.

하지만 옆에 앉아 있던 코베룬은 차마 웃을 수가 없었다.

"숙부님, 아무리 그래도 저런 노예를 사실 필요까진 없지 않으십니까."

코베룬이 이해할 수 없다는 듯 주절거렸다. 자존심 강한 리후라드 후작의 심정을 이해하지 못하는 건 아니지만 만 오천 골드는 과해도 너무 과했다.

그러나 리후라드 후작은 칼릭스의 콧대를 꺾었다는 것만으로도 만 오천 골드가 아깝지 않았다.

"아직도 잔소리를 할 셈이냐."

"그런 뜻이 아니라 저런 가치 없는 노예를……."

"됐다. 어차피 유흥이지 않느냐? 그리고 그건 사 왔느냐?"

"후우……. 여기 있습니다."

무겁게 한숨을 내쉬던 코베룬이 품속에서 금화 주머니를 꺼냈다. 고급스러운 재질과는 달리 속은 텅 빈 듯 금화 주머니는 홀쭉하기만 했다.

하지만 그 안에 들어 있는 건 쉽게 상상할 수 없을 만큼 귀한 것이었다.

"어디……."

금화 주머니를 연 리후라드 후작의 얼굴에 다시 웃음이 번졌다.

마르쿰의 금화.

아사드 상단의 특별 경매에서 자신에게 굴욕을 안겨 주었던 마르쿰의 금화가 두 개나 들어 있었다.

"여기 차용증입니다."

코베룬이 다시 한숨을 내쉬며 차용증을 내밀었다. 지하 경매장을 통해 마르쿰의 금화를 사긴 했지만 그 대가로 육십만 골드의 빚을 지고 말았다.

물론 리후라드 후작가의 재력이라면 육십만 골드쯤은 크게 부담스러운 금액이 아니었다. 그저 그 많은 돈을 고작 어린 공자 하나 이기겠다고 썼다는 게 문제였다.

그러나 리후라드 후작도 아무 생각 없이 마르쿰의 금화를 사들인 게 아니었다.

어차피 이 모든 건 칼릭스를 끌어들이기 위한 미끼에 불과했다.

계획대로만 일이 진행된다면 손해를 만회함은 물론이고 칼릭스의 모든 걸 전부 빼앗을 수 있었다.

그런 점에서 봤을 때 불만만 늘어놓는 코베룬보다는 제법 머리가 잘 돌아가는 자일스가 더 믿음직스럽게 느껴졌다.

"가서 돈으로 바꿔 오거라."

리후라드 후작이 귀금속이 들어 있는 주머니를 내밀며 말했다.

"알겠…… 습니다."

졸지에 심부름꾼으로 전락해 버린 코베룬의 얼굴이 딱딱하게 굳어졌다.

18장

마샤드 Part 3

1

"만 골드."

네 번째 16강 경기가 끝나기가 무섭게 칼릭스가 손을 들어 올렸다.

그러나 관리인은 칼릭스에게 다가오지 않았다. 본선 무대 중앙에 선 채로 리후라드 후작 쪽을 바라봤다.

"만 이천 골드."

리후라드 후작이 장난스럽게 말했다. 그러자 숨죽이던 관중들이 웅성거리기 시작했다.

앞선 세 번의 경기에서 리후라드 후작은 패배한 노예를 전부 만 오천 골드에 사들였다.

그런데 갑자기 가격을 낮췄다는 건 칼릭스에 대한 도발이나 마찬가지였다.

"여기서 그만두시겠습니까?"

관리인이 칼릭스에게 다가와 물었다.

본래 어떻게 하시겠습니까, 라고 물어야 했지만 칼릭스가 매번 쉽게 경매를 포기해서일까,

칼릭스는 리후라드 후작의 상대가 안 된다고 단정이라도 지은 모양이었다.

"만 오천 골드!"

칼릭스가 이맛살을 찌푸리며 소리쳤다. 가면 때문에 일그러진 표정이 드러나진 않았지만 격앙된 목소리만으로도 화가 났다는 걸 충분히 알 수 있었다.

그러나 관리인은 그저 가볍게 웃기만 했다. 보나마나 리후라드 후작이 보다 높은 참여금을 제시할 것이기 때문이다.

아니나 다를까.

"만 팔천 골드!"

16강 경매 최고가가 터져 나왔다. 많이 쳐 줘봐야 4천 골드면 충분할 무투 노예의 가격이 순식간에 네 배로 뛰어 올랐다.

"여기서 그만두시겠습니까?"

관리인이 웃음 어린 얼굴로 칼릭스를 바라봤다. 내심 더 경쟁이 치열해지길 바랐지만 솔직히 더 이상은 무리일 것 같았다.

"그만…… 두지."

칼릭스가 몸을 부르르 떨며 말했다. 그 모습이 정말로 리후라드 후작에게 져서 화가 난 것처럼 느껴졌다.

"왕자님은 왜 자꾸 포기하는 거야?"

뒤에서 그 모습을 지켜보고 있던 레테어도 흥분을 감추지 못했다.

별로 대단해 보이지도 않는 귀족 따위에게 운명의 상대인 칼릭스가 연달아 네 명의 노예를 빼앗겨 버렸으니 괜히 자존심이 상할 지경이었다.

"진정하십시오. 왕자님께서도 다 생각이 있으실 겁니다."

사울이 옆에서 레테어를 달랬다. 칼릭스가 알아서 하겠다고 말한 이상 일단은 그의 말을 믿고 지켜보는 게 옳았다.

하지만 성격 급한 레테어는 도저히 그럴 수가 없었다.

"지금 여유 자금이 얼마야?"

"대략 십만 골드 정도 됩니다만……."

"그게 전부야? 내가 그동안 모아 놓은 지참금만 해도 그 열 배는 넘을 텐데?"

"그야…… 그건 대부분 상단에 투자되어 있으니까요."

"그래서 그 돈은 못 쓴다는 소리야?"

"원하신다면 투자금의 일부를 찾아올 수는 있지만……."

사울이 말끝을 흐렸다. 아무리 그래도 그렇지 명색이 하이델베르크 공작의 손녀가 자존심까지 내던지는 꼴은 두고 볼 수가 없었다.

그러나 레테어에게 있어 칼릭스의 자존심은 곧 자신의 자존심이나 마찬가지였다.

"말 돌리지 말고 정확한 금액을 말해."

잔뜩 흥분해 있던 레테어의 표정이 이내 싸늘하게 가라앉았다.

칼릭스를 돕겠다는 마음이 감정적인 충동의 단계를 넘어서 이성적인 판단의 단계로 이어진 것이다.

이렇게 되면 설사 하이델베르크 공작이 오더라도 레테어를 막을 수가 없다.

"오십만 골드까지는 가능할 거 같습니다."

사울이 눈을 질끈 감으며 말했다.

솔직히 마음만 먹으면 모든 투자금과 그동안 배당받지 않았던 투자 수익까지 전부 찾아올 수 있었지만 수행 집사로서 최악의 경우를 고려하지 않을 수가 없었다.

그나마 다행이도 레테어는 50만 골드에 만족한 듯 고개를 끄덕여 주었다.

"지금 당장 찾아와."

"알겠습니다."

"너무 늦어버리면 가만 안 둘 거야."

"거, 걱정 마십시오."

사울이 바람같이 관중석을 빠져나갔다. 그 모습을 힐끔 지켜보던 칼릭스와 리후라드 후작의 입가를 타고 서로 다른 웃음이 번져들었다.

2

마샤드 16강전 여덟 번의 경매는 일방적으로 끝이 났다.

칼릭스가 매번 만 골드의 금액을 제시했지만 리후라드 후작은 늘 그 이상을 부르며 무투 노예들을 독식해 버렸다.

상황이 이렇다 보니 본선 경기장의 분위기도 심상치 않게 변했다.

"뭐야? 대체 뭘 하자는 거야?"

"내 말이 그 말이야. 설마 모든 노예를 다 사들일 생각이기라도 한 거야?"

처음 리후라드 후작이 칼릭스를 방해할 때만 해도 참가자들은 그러다 말 것이라 여겼다.

자신들을 대신해 리후라드 후작이 지하 무투장은 아무나

들어올 수 있는 게 아니라는 걸 알려주는 것이라고만 생각했다.

하지만 칼릭스는 여덜 번째 경매까지 포기하지 않고 경매에 참여했다.

그것도 일만 골드라는 엄청난 시작가를 제시하면서 말이다. 그러면 리후라드 후작은 그 이상의 참여금을 내놓고 경매를 압도해 버렸다. 자연히 다른 참가자들은 감히 끼어들 수조차 없었다.

모두가 함께 즐기는 취지의 마샤드 경매에서 한 사람이 독식하듯 노예를 사들이는 건 정상적인 상황이 아니었다.

무투 노예가 필요해서 다수의 경매에 참여하는 경우라면 또 모르겠지만 이건 누가 봐도 가면 소년을 기죽이기 위한 장난질에 불과했다.

그렇다 보니 참가자들도 더는 웃을 수가 없었다. 고작 한 사람의 유흥을 위해 자신의 경매 권한을 포기해야 한다는 사실이 쉽게 납득이 될 리 없었다.

더 큰 문제는 앞으로도 경매 기회가 없을지 모른다는 점이다.

16강전을 치르며 생존한 무투 노예는 여덟 명. 그들은 자신들에게 패배한 무투 노예들이 비싼 값에 팔려 나가는 걸 두 눈으로 똑똑히 지켜보았다.

당연히 자신들의 몸값은 그들보다 더 높다고 착각할 것이다.

만일 8강전 경매 때에도 칼릭스와 리후라드 후작이 경쟁하듯 가격을 높여 버린다면 적당한 가격에 무투 노예를 사려 했던 대다수 참가자의 바람은 물거품이 되고 만다.

"가서 관리인을 불러와. 어서!"

제법 이름깨나 있는 귀족들은 휴식 시간을 이용해 관리인을 불러 불만을 쏟아냈다.

일부 귀족들은 마치 자신이 큰 모욕이라도 받은 것처럼 폭언과 삿대질을 서슴지 않았다.

그러나 정작 놈벨은 눈 하나 까딱하지 않았다. 관중들의 불만은 무시한 채 보란 듯이 8강전을 진행시켰다.

"이번 고비를 잘 넘겨야 할 텐데."

8강전의 첫 경기를 위해 입장하는 두 무투 노예를 바라보며 놈벨이 나직이 중얼거렸다.

야수족 전사 파투. 그리고 연속 우승에 빛나는 거인족 전사 바쉬.

칼릭스가 손에 넣길 원하는 두 노예가 동시에 본선 무대에 올랐다.

"바쉬!"

"널 기다렸다!"

바쉬의 등장에 사방에서 환호성이 터져 나왔다. 그 소리가 어찌나 크던지 오로지 칼릭스를 꺾기 위해 경매에 참여해 왔던 리후라드 후작마저 바쉬에게 관심을 보일 정도였다.

반면 파투의 이름을 부르는 참가자는 아무도 없었다.

어쩌면 당연한 일. 2연속 우승에 빛나는 덩치 큰 거인족 전사를 이기기에 파투는 지나치리만치 왜소하게만 느껴졌다.

"여기, 도박 결과입니다."

경기가 시작되기 직전 관리인 하나가 놈벨에게 참여 결과를 알려 왔다. 총 10만 골드의 참여금 중 파투에게 걸린 돈은 고작 2천 골드에 지나지 않았다.

결과가 일방적이다 보니 바쉬가 승리한다 해도 배당 이익은 없다시피 한 상황이었다. 경우에 따라서는 오히려 수수료를 떼이기만 할 수도 있었다.

그럼에도 참가자들이 일방적으로 바쉬에게 돈을 건 이유야 간단했다. 바쉬가 바로 자신들이 원하는 이번 마샤드의 유력한 우승자이기 때문이다.

"이거 뒤집히면 볼 만하겠는데."

놈벨이 흥미롭다는 얼굴로 중얼거렸다.

이 경기가 칼릭스와 자신의 계획대로 파투의 승리로 끝난다면? 10만 골드에 가까운 돈이 고스란히 지하 무투장의 수입으로 들어올 것이다.

"에이, 설마 그런 일이 벌어지려고요."

옆에서 듣고 있던 관리인이 가볍게 웃어 보였다. 지하 무투장의 입장을 고려하는 놈벨의 심정을 모르는 바는 아니지만 그의 바람은 현실적으로 불가능한 일이었다.

그러나 놈벨은 미련을 버리지 않았다.

"이거 나도 참여할 수 있는 거지?"

"일방적인 결과니까 규칙에 걸릴 건 없지만…… 돈만 날리실 텐데요."

"내 급료가 너보다는 많으니까 걱정하지 말고, 가서 내 이름으로 만 골드 걸어."

"예? 만 골드나요?"

"왜? 내가 그 정도 돈도 없을까 봐?"

"그, 그런 뜻이 아니라……."

"잔 말 말고 가서 걸어 봐. 나 생각한다고 안 걸었다간 알지? 그랬다간 전부 네 급료에서 까 버린다."

"무슨 수를 써서라도 걸어 놓겠습니다!"

파투에게 통 크게 만 골드를 내건 놈벨이 크게 숨을 들이켰다. 그에게도 적지 않은 거금이라서일까. 벌써부터 심장이 뜨겁게 달아오르고 있었다.

"왕자님, 만약 일이 잘못되면 그때부터는 제가 무슨 짓을 저지를지 모릅니다."

저만치 앉아 있는 칼릭스를 올려다보며 놈벨이 나직이 중 얼거렸다.

어쩌면 이 만 골드는 칼릭스에게 보이는 최소한의 성의일 지 몰랐다.

만약 계획대로 파투가 이기면 세 배에 가까운 배당을 받게 될 테지만 모두의 바람대로 바쉬의 승리로 끝난다면 놈벨은 손해를 만회하기 위해 철저하게 칼릭스를 배척할 생각이었 다.

그런 놈벨의 속내가 경기장을 가로질러 칼릭스에게 전해 졌다.

그러나 칼릭스는 일부러 놈벨을 모르는 척했다. 자신의 일 거수일투족을 지켜보고 있는 리후라드 후작에게 빈틈을 보이 지 않기 위해서였다.

그때였다.

"왕자님."

"……?"

"에바님께서 이걸 전해달라는데요."

샤일렌이 칼릭스에게 봉투를 건네며 말했다. 그 안에는 사 울이 끊어 온 이스티스 상단의 수표가 가득 담겨 있었다.

"허……!"

슬쩍 봉투 안을 힐끔거리던 샤일렌이 쩍 하고 입을 벌렸다.

시작부터 만 골드가 적힌 수표를 봤으니 그 안에 얼마가 들어 있을지 짐작조차 하기 어려웠다.

그런 샤일렌의 속내가 표정을 통해 고스란히 리후라드 후작에게 전해졌다.

"아무래도 그 귀족가 영애 쪽에서 나선 모양입니다."

리후라드 후작의 뒤쪽에 서 있던 자일스가 참모라도 되는 것처럼 앞으로 나섰다. 그러자 리후라드 후작이 슬쩍 입가를 비틀어 올렸다.

"이번 싸움이 재미있겠군."

리후라드 후작은 16강전 내내 조용했던 레테어의 등장을 반겼다.

그만큼 그는 이번 싸움에 자신 있었다. 유일한 변수라 여겨지는 마르쿰의 금화도 2개나 확보를 한 만큼 칼릭스에게 밀릴 건 아무것도 없다고 여겼다.

게다가 리후라드 후작의 재력은 하만 왕국에서도 첫손에 꼽힐 정도였다.

하만 왕국이 중계 무역으로 막대한 부를 축적하고 있다는 점을 감안한다면 그 규모는 제국의 부유한 고위 귀족에 비견될 정도였다.

그래서일까. 평소와는 다르게 자일스도 쉽게 긴장을 풀어 버렸다.

"그래 봐야 뭐가 달라지겠습니까."

자일스가 웃으며 말했다. 그의 아부가 리후라드 후작을 더욱 웃음 짓게 했다.

"그런데 후작님, 이번에는 얼마를 내거실 생각이십니까?"

자일스가 넌지시 물었다. 그러자 리후라드 후작이 당연한 걸 묻는다며 말했다.

"그야 저놈보다 많이."

리후라드 후작의 시선이 다시 칼릭스에게 향했다. 그 순간, 8강전의 첫 경기가 시작됐다.

3

"하아압!"

바쉬는 처음부터 전력을 다했다. 파투가 자신보다 작고 유약해 보인다고 해서 방심하지 않았다.

마치 결승전이라도 된 것처럼 기합까지 내지르며 파투를 제압하려 했다.

하지만 파투는 바쉬의 요란함에 흔들리지 않았다. 오히려 바쉬가 동요하고 있다는 사실을 알아채고는 영악하게 시간을 끌었다.

"잡았다!"

파투가 구석 쪽으로 몰리는 듯하자 바쉬가 단숨에 몸을 날렸다. 그의 긴 팔이 그물처럼 파투를 덮쳐들었다. 그러자 파투도 지지 않고 빈틈을 찾아 빠르게 몸을 날렸다.

순간 바쉬의 손아귀에 파투의 어깨가 붙잡히는 듯했지만 아슬아슬하게 놓치고 말았다. 파투의 온몸을 타고 흐르는 땀에 손이 미끄러진 것이다.

"제길!"

손바닥에 묻은 땀을 털어내며 바쉬가 발을 굴렀다.

쿵! 쿠웅!

누가 거인족 아니랄까 봐 발길질만으로도 본선 경기장이 들썩거렸다.

자연스럽게 관중석에서 환호성이 터져 나왔다.

"바쉬!"

"밟아버려!"

수많은 관중이 한목소리가 되어 바쉬의 승리를 염원했다.

그럴수록 바쉬의 호흡도 점점 가빠져 갔다. 흥분한 나머지 자신도 모르게 거인족의 최대 장점인 평정심을 놓쳐 버린 것이다.

반면 파투는 주변의 소리를 차단한 채 경기에만 집중했다. 끝없이 흘러내리는 땀 때문에 지친 듯 보였지만 그의 몸 상태는 더없이 좋았다.

만일 레므나의 당부가 없었다면 당장에라도 바쉬의 품속으로 파고들었을 것이다. 무엇 때문인지는 모르겠지만 스스로 흔들리고 만 바쉬는 더 이상 자신의 상대가 될 수 없었다.

그러나 레므나는 최대한 승부를 오래 끌어야 한다고 말했다. 그리고 결승전 때까지는 절대 두각을 보여서도 안 된다고 덧붙였다.

'침착하자.'

잠시 들끓었던 감정을 억누르며 파투가 몸을 낮췄다. 그런 파투의 모습이 마음에 들지 않았던지 바쉬가 다시 괴성과 함께 덤벼들었다.

"와아!"

"그렇지!"

바쉬가 파투를 공격할 때마다 관중석이 떠나갈 듯 함성이 터졌다. 그만큼 긴 팔을 도끼처럼 휘두르는 바쉬의 공격은 위협적으로 느껴졌다.

하지만 정작 리후라드 후작은 바쉬의 몸놀림이 마음에 들지 않았다. 바쉬가 심리적으로 쫓기고 있다는 사실을 단번에 알아챈 것이다.

하만 왕국의 귀족들은 이종족 노예들 중 거인족을 선호하는 편이었다. 특히나 고위 귀족들일수록 건장한 거인족 노예에 집착하는 경향이 많았다.

이유는 간단했다. 왕국의 축제나 주요 행사 때 타고 다니는 라보르(하만 왕국의 전통 가마)를 들게 하기 위해서였다.

라보르는 귀족의 지위나 능력에 따라 크기가 달라진다. 리후라드 후작의 경우 건장한 인간 노예 서른 명이 달려들어도 들지 못할 만큼 거대한 라보르를 타고 다녔다.

그것을 높이, 안정적으로 짊어지기 위해서는 그만큼 키 크고 힘이 좋은 거인족 노예가 필요했다.

상대적으로 왜소해 보이는 인간 노예 수십 명이 들러붙은 것보다 늠름한 거인족 노예들이 번쩍 들어 올리는 편이 위신을 세우기에도 좋았다.

리후라드 후작의 라보르를 드는 거인족 노예는 총 열두 명. 그들 모두 리후라드 후작이 직접 고른 녀석들이었다.

자연스럽게 리후라드 후작은 거인족을 보는 안목을 갖췄다.

어떤 거인족이 좋은 거인족이며 일반적인 습성은 어떻고 어떻게 다뤄야 하는지 노예 상인 못지않게 꿰고 있었다.

게다가 리후라드 후작은 평소 가문의 노예들을 동원해 자체적인 무투 대회를 열곤 했다. 그렇다 보니 거인족 노예들이 어떻게 싸우는지도 잘 알고 있었다.

긴 팔과 다리, 그리고 질기고 단단한 가죽은 거인족의 확실한 장점이었다.

하지만 타 종족에 비해 압도적인 체격이 무조건 좋은 건 아니었다. 그만큼 덩치도 크기 때문에 체력 소모가 많았다.

본래 거인족들은 인간에 비해 폐활량이 부족한 편이었다. 절대적인 폐활량은 앞설지 몰라도 오랫동안 격렬히 활동하는 데 한계가 있었다.

그래서 가문의 거인족 노예들은 공격보다는 수비적인 입장을 취했다. 상대를 조금씩 압박해 들어간 다음에 확실한 순간에 공격을 감행했다.

하지만 바쉬는 그렇지 않았다. 지쳐 쓰러지려고 작정이라도 한 것처럼 거의 막무가내로 팔을 휘두르고 있었다.

저래서야 오래 버티는 거 자체가 어려웠다. 그래놓고 무투대회 최고의 노예라니. 웃음조차 나지 않았다.

"형편없군."

속으로 내린 평가가 리후라드 후작의 입 밖으로 흘러나왔다. 그러자 바쉬의 모습에 열광하고 있던 자일스가 깜짝 놀란 얼굴로 리후라드 후작을 바라봤다.

"저 녀석이 지난 대회 우승자라고?"

"그, 그렇습니다. 지난 대회와 그전 대회까지 두 번 연속 우승을 했습니다."

"에르비스의 수준도 대단할 건 없군그래."

리후라드 후작이 나직이 코웃음을 쳤다.

바쉬 정도가 한 번도 아니고 두 번이나 연달아 우승을 했다니. 가문에서 제일 약한 거인족 노예를 데려다 놔도 그보다는 나을 것 같았다.

그러자 자일스가 이리저리 눈을 굴리더니 바쉬를 두둔하기 시작했다.

"오, 오늘은 좀 이상한 상대를 만나서 저러는 것 같습니다. 본래는 저것보다 훨씬 잘 싸웠습니다."

"흠……."

"그리고 바쉬는 거인족 전사입니다. 다른 무투 노예들과는 질적으로 다릅니다."

바쉬는 이번 마샤드 최고의 물건이었다. 단순한 편견만으로 바쉬를 놓치는 건 바보짓이나 마찬가지였다.

그러니 리후라드 후작은 한 번 눈에 차지 않는 건 다시 돌아보지 않는 성격이었다.

게다가 거인족은 종족 번식률이 낮기 때문에 대부분의 사내가 전사로 인정받았다.

거인족임에도 전사가 아닌 건 신체적인 결함을 타고났을 때뿐이다. 그렇다 보니 거인족 전사라는 말도 크게 와 닿지 않았다.

그러는 사이 파투와 바쉬의 경기가 끝이 났다. 리후라드 후작의 생각대로 체력적 한계에 부딪친 바쉬의 무릎이 꺾여 버린 것이다.

"저럴 줄 알았지."

리후라드 후작이 못마땅한 듯 혀를 찼다. 지금껏 수많은 거인족 노예를 봐 왔지만 저토록 형편없는 녀석은 처음이었다.

그렇다 보니 경매에 참여하고 싶은 마음마저 사라져 버렸다.

하지만 다른 참가자들의 생각은 달랐다. 바쉬가 의외로 복병을 만나 패한 이 기회를 놓치지 않기 위해 하나같이 눈을 반짝였다.

그러나 그들 중 누구도 먼저 치고 나오지 못했다. 지난 여덟 번의 경매를 주도한 칼릭스와 리후라드 후작의 눈치가 보인 것이다.

참가자들의 시선은 칼릭스보다 리후라드 후작 쪽으로 향해 있었다.

바쉬가 지난 두 번의 대회에서 우승했다는 사실을 모르지 않을 테니 이번만큼은 리후라드 후작이 먼저 나설 것이라 예상한 것이다.

하지만 정작 리후라드 후작은 입을 꾹 다물었다. 그를 대신해 칼릭스가 이번에도 먼저 움직였다.

"10만 골드!"

칼릭스는 지금까지와는 달리 10만 골드의 가격을 불렀다.

순간 참가자들의 표정이 엇갈렸다.

단순히 바쉬의 실력만 놓고 보자면 10만 골드로도 부족했다.

이번 대회마저 우승한다면 최소 20만 골드 이상은 가지고 있어야 경매에 참여할 수 있다는 소리가 나돌 정도였다.

그러나 8강전에서 패배한 무투 노예를 그 가격에 구매하는 건 왠지 모르게 손해 보는 기분이었다.

그렇다 보니 엉덩이를 들썩이던 적잖은 참가자들이 다시 자리에 주저앉고 말았다.

10만 골드쯤은 감당할 여력이 있는 참가자들도 리후라드 후작의 눈치를 봤다. 지금까지 돌아가는 분위기로 봐서는 리후라드 후작이 나서서 훼방을 놓을 게 뻔했다.

"후작님!"

자일스도 옆에서 리후라드 후작을 부추겼다. 그러자 리후라드 후작이 마지못해 입을 열었다. 하지만 그가 내뱉은 금액은 예상을 한참 밑돌았다.

"10만 오천 골드."

마치 바쉬에는 관심이 없다는 걸 공언하는 듯한 리후라드 후작의 한 마디에 잠잠하던 본선 무대가 뜨겁게 달아올랐다.

"11만 골드!"

"여기! 12만 골드!"

"12만 오천!"

"12만 팔천!"

"에잇! 13만 골드!"

참가자들은 기다렸다는 듯이 바쉬 쟁탈전에 뛰어 들었다. 가장 강력한 경쟁자인 리후라드 후작이 한발 물러선 만큼 더는 망설일 이유가 없었다.

덩달아 8강에서 패배한 바쉬의 몸값도 가파르게 뛰어 올랐다.

그렇게 17만 골드에 이어 18만 골드까지 넘어선 금액은 18만 5천 골드에서 잠시 멈춰 섰다.

"이거 손해는 안 보겠는데?"

과열된 경매를 지켜보고 있던 놈벨이 슬쩍 입가를 비틀어 올렸다.

바쉬가 패배할 경우 그의 몸값이 반 토막 날 거란 생각에 일부러 파투에게 돈을 걸었는데 만회가 아니라 거금을 손에 쥐게 생겨 버렸다.

'자, 왕자님. 여기서 더 뜸을 들이시면 바쉬를 놓치실지도 모릅니다.'

놈벨의 시선이 칼릭스에게 향했다. 18만 5천 골드에서 경매가 잠시 멈췄다는 건 한계에 다달았다는 의미다. 칼릭스가 그 이상의 금액이 나온다면 어렵지 않게 바쉬를 손에 넣을 수 있을 터였다.

"19만."

잠시 뜸을 들이던 칼릭스가 오른손을 들어 올렸다. 그와 동시에 18만 5천 골드를 불렀던 귀족의 표정이 와락 일그러졌다.

"젠장할!"

18만 5천 골드도 분위기에 휩쓸려 자신도 모르게 내뱉은 금액이었다.

그런데 19만 골드라니. 귀족은 이내 고개를 흔들어댔다. 8강전에서 패배한 노예를 제값을 다 주고 사는 건 아무래도 바보짓처럼 느껴졌다.

"더 없으십니까?"

관리인이 꺼지는 열기를 되살리듯 격앙된 목소리로 소리쳤다. 그러면서 리후라드 후작 쪽으로 몸을 돌렸다.

하지만 리후라드 후작은 의자 깊숙이 몸을 누인 지 오래였다. 경쟁을 부추겨 칼릭스의 지출을 늘린 것만으로도 충분히 만족한다는 반응이었다.

"그럼 바쉬는 19만 골드에 팔렸음을 알려드립니다."

아쉬운 표정을 짓던 관리인이 경매의 종료를 알렸다. 그러자 대기 중이던 무투장의 관리 노예들이 헐떡이는 바쉬를 일으켜 세우고는 칼릭스의 앞쪽으로 데려갔다.

그러나 정작 칼릭스는 대번에 손을 휘저었다. 마치 지나치게 과한 금액으로 바쉬를 샀다는 듯한 반응이었다.

"흐흐……."

그 모습을 지켜보던 리후라드 후작의 입가를 타고 즐거운 웃음이 번졌다.

그가 지난 16강전에서 8명의 노예를 사들이며 지출한 금액은 14만 골드였다. 그런데 칼릭스는 고작 한 명의 노예를 손에 넣기 위해 5만 골드나 더 많은 돈을 써버렸다.

아마도 그 돈은 칼릭스와 관련이 되어 있다는 귀족가 영애로부터 나온 게 틀림없을 터였다.

그걸 별 볼 일 없는 거인족 노예 하나 사는데 대부분을 소진해 버렸으니 이보다 더 어리석은 경우는 없었다.

'보나마나 수중에 남은 돈이 얼마 없겠지. 마르쿰의 금화를 믿고 있겠지만 이번만큼은 네 뜻대로 되지 않을 게다.'

리후라드 후작은 이번 경매를 포기하길 잘했다고 여겼다.

자신은 아직 여유로운 반면 칼릭스는 보나마나 금전적 한계에 도달했을 것이다. 이대로 계속 자존심을 건드리다 보면 제 스스로 미끼를 덥석 물게 될 것이다.

"어디 이번에는 어떤 녀석들이 나오나 볼까?"

리후라드 후작이 다시 허리를 일으켜 세웠다. 그리고 잠시후 두 번째 8강전이 시작됐다.

4

이어진 세 번의 8강전에서 칼릭스는 손 한번 써 보지 못하고 리후라드 후작에게 노예를 빼앗겨 버렸다.

"만 육천 골드."

칼릭스라는 경쟁자가 사라지자 리후라드 후작도 호기를 부리지 않았다. 다른 귀족들과 경쟁을 즐기며 적정 가격에서 패배한 노예들을 사들였다.

그건 4강전에서도 마찬가지였다.

4강부터는 제법 실력 있는 노예로 봐야 했지만 바쉬의 이른 탈락과 리후라드 후작의 노예 독식에 실망한 참가자들은 경매를 방관하다시피 했다.

그러느라 결승 무대에 생각지도 못한 이들이 올라왔다는 사실을 제대로 파악하지 못했다.

"이대로는 곤란한데……."

비싼 값에 바쉬를 팔았다고 좋아하던 놈벨의 표정도 다시 굳어졌다. 결승전이 코앞인데 분위기가 이렇게 가라앉아서야 계획대로 큰돈을 벌긴 어려울 것 같았다.

그때였다.

"관리인."

잠자코 있던 칼릭스가 손을 들어 올렸다. 그러더니 바닥에 뭔가를 내던지며 소리쳤다.

"저 두 녀석 다 내가 사겠어."

마치 더 이상은 리후라드 후작에게 지고 싶지 않다는 듯 그의 목소리에는 바짝 약이 올라 있었다.

관리인은 처음에 그저 웃음만 났다. 리후라드 후작에게 농락당하다 시피 한 그의 심정을 모르는 바는 아니지만 결승전에 오른 노예의 몸값은 최소 5만 골드를 호가했다.

거기에 경쟁이 붙으면 얼마까지 오를지는 누구도 짐작하기 어려웠다.

하지만 바닥에 떨어진 금화 주머니를 확인한 관리인은 더 이상 웃지 못했다.

오히려 놀란 눈으로 칼릭스를 바라보더니 호들갑스럽게 놈벨에게 다가왔다.

"무슨 일이야?"

슬쩍 웃던 놈벨이 시치미를 떼며 물었다.

"노, 놈벨님. 이걸……."

관리인이 말까지 더듬으며 금화 주머니를 내밀었다. 예상대로 그 안에는 마르쿰의 금화가 두 개나 담겨 있었다.

마르쿰의 금화의 가치는 마르쿰 어디에서나 통용된다.

마르쿰의 금화를 소지한 자는 마르쿰에서 유통되는 노예

라면 누구든 손에 넣을 수 있었다. 경쟁만 붙지 않는다면 말이다.

게다가 지하 경매장에서 유통되는 마르쿰의 금화는 30만 골드에 달했다.

바쉬처럼 3연속 우승에 도전하는 것도 아니고 이번 대회에 처음으로 결승전에 올라온 노예들의 몸값은 아무리 높게 받아도 10만 골드를 넘기기 어려웠다.

둘을 더해봐야 20만 골드면 만족스러울 정도였다.

지하 경매장의 입장에서는 결승 결과와 상관없이 칼릭스에게 노예를 넘기는 게 이득이었다.

상식적으로 생각했을 때 설사 경매를 진행한다 하더라도 결과가 달라질 가능성은 낮았다.

우승자가 칼릭스를 거부할 수는 있겠지만 그건 그때 가서 생각할 일이었다.

하지만 놈벨은 마르쿰의 금화 두 개만으로 만족할 생각이 조금도 없었다. 이미 모든 게 계획대로 풀려가는 상황이었다.

여기서 리후라드 후작만 끌어들일 수만 있다면 어마어마한 돈을 손에 쥘 수 있을 터였다.

"결승전을 시작하기 전에 잠시 알려드릴 사안이 있습니다. 저기 앉아계신 공자님께서 마르쿰의 금화 두 개를 내놓으셨습니다만 혹시 더 많은 참여금을 내놓으실 수 있는 분이 계십니까?"

놈벨이 모든 이가 들으라는 듯 크게 소리쳤다. 칼릭스가 당황한 듯한 행동을 보였지만 일부러 모르는 체했다. 그러면서 슬그머니 리후라드 후작과 눈을 맞췄다.

리후라드 후작도 그런 놈벨의 기대를 외면하지 않았다.

"흥!"

싸늘한 콧소리와 함께 리후라드 후작이 금화 주머니 하나를 내던졌다.

쿠우웅!

순식간에 바닥에 떨어진 금화 주머니가 묵직한 울림을 만들어냈다. 자연스럽게 모든 관중의 시선이 금화 주머니 쪽으로 다가가는 관리인을 향해 움직였다.

"헉!"

조심스럽게 금화 주머니를 확인한 관리인이 입을 쩍 하고 벌렸다.

마르쿰의 금화가 2개 나온 상황에서 경매를 이어가기 위해선 최소한 같은 참여금을 제시해야 했다.

그런데 금화 주머니 안에 들어 있는 건 마르쿰의 금화만이 아니었다.

마르쿰의 금화를 치장이라도 하듯 에워싼 2백여 개의 대금화. 무려 2만 골드의 거금이었다.

"노, 놈벨님. 이것 좀……."

관리인이 금화 주머니를 들고 다급히 놈벨에게 뛰어왔다. 그러나 정작 주머니를 살핀 놈벨의 표정은 아쉽다는 반응이었다.

'고작 2만 골드라니. 이런 식으로 금액을 올려서 어느 세월에 전 재산을 내걸겠어?'

놈벨이 불편한 심정을 담아 칼릭스 쪽을 바라봤다. 그런 놈벨의 속마음을 읽은 듯 칼릭스가 손에 들고 있던 수표 뭉치를 단숨에 내던졌다.

"노, 놈벨님!"

수표 뭉치를 확인한 관리인이 자신도 모르게 악을 내질렀다.

기껏 해봐야 천 골드 단위의 수표일 거라 여겼는데 앞면에 적힌 건 만 골드였다. 그런 수표가 무려 서른 장이나 돌돌 말아져 있었다.

'그렇지. 경매는 이런 식으로 해야지.'

칼릭스의 통 큰 참여금을 확인한 놈벨이 그제야 입가를 비틀어 올렸다. 그리고는 저만치 서 있는 관리인을 불러 귓속말을 전했다.

"뭐야?"

"대체 얼마짜리 수표인 거야?"

놈벨이 침묵을 지키자 본선 무대가 다시 술렁이기 시작했다. 그사이 무대를 빙 돌아온 관리인이 리후라드 후작에게 놈벨의 말을 전했다.

"총관리인께서 30만 골드의 참여금이 더해졌다는 사실을 알리라 전하셨습니다."

"뭐? 30만 골드?"

리후라드 후작의 입에서 다급성이 터져 나왔다. 칼릭스가 전 재산을 털어 덤벼들 것이라 예상은 했지만 그 금액이 삼십만 골드에 달할 줄은 미처 생각지도 못했다.

"제대로 된 수표가 맞느냐?"

리후라드 후작이 믿을 수 없다는 표정을 지었다. 어쩌면 위조되었거나 조작된 수표를 사용했을지도 모를 일이었다. 그렇지 않고서야 지금까지의 경매에서 잠자코 있을 이유가 없었다.

그러자 관리인이 고개를 숙이며 대답했다.

"그렇지 않아도 총관리인께서 발행 상단을 확인하셨는데 믿을 만한 곳이라고 말씀하셨습니다."

"믿을 만한 곳이라니?"

"저도 상단의 이름까진 듣지 못했습니다만 10대 상단 중 한 곳이라는 것은 알고 있습니다."

"······!"

10대 상단이라는 말에 리후라드 후작이 와락 일그러졌다. 다른 곳도 아니고 10대 상단이라면 수표는 확실하다는 소리였다.

대륙 10대 상단의 재력은 시중에 나도는 자신들의 위조 수표들마저 진짜로 취급해 버릴 만큼 어마어마했다.

"어찌하시겠습니까?"

관리인이 재촉하듯 물었다. 당혹스러운 리후라드 후작의 심정을 모르는 바는 아니지만 모두가 지켜보는 상황이라 무작정 시간을 줄 수가 없었다.

"숙부님, 이쯤에서 그만두시는 게 좋을 것 같습니다."

코베룬이 냉큼 리후라드 후작을 말렸다. 현재 수중에 남은 돈이라고는 10만 골드가 전부였다. 그걸 전부 내건다 하더라도 30만 골드를 건 칼릭스를 이길 수는 없었다.

"그만두다니!"

리후라드 후작이 말도 안 된다며 주먹을 움켜쥐었다. 무엇 때문에 지하 경매장에 와서 이 소란을 떨었는데 이제 와 물러선다는 건 말이 되지 않았다.

그때였다.

"후작님, 당장 참여금을 마련하기 어려우시다면 구매하신 노예들을 사용하십시오."

바쉬의 경매 이후로 입을 꾹 다물고 있었던 자일스가 넌지시 끼어들었다.

"노예를 사용하라니?"

리후라드 후작의 일그러진 시선이 자일스에게 향했다.

"구매한 노예도 참여금으로 사용이 가능합니다."

자일스가 일부만 알고 있는 지하 무투장 경매의 비밀을 알려주었다.

"이 말이 사실이냐?"

리후라드 후작이 다급히 관리인을 바라봤다. 그러자 관리인이 당혹스럽다는 표정을 지었다.

"가능하긴 합니다만 총관리인께서 인정을 해주셔야 합니다."

"그게 무슨 소리야!"

리후라드 후작의 언성이 높아졌다.

다른 곳도 아니고 이곳 지하 무투장에서 사들인 노예를 참여금으로 내놓겠다는데 총관리인의 인정을 받아야 한다는 사실이 용납이 되지 않았다.

"관리인의 말은 후작님께서 구매하신 금액 전체를 참여금으로 인정할 수는 없다는 말 같습니다."

움찔 놀란 관리인을 대신해 자일스가 나직이 설명했다.

리후라드 후작이 13명의 노예를 사들인 대가로 지불한 금액은 40만 골드에 달했다.

하지만 그건 어디까지나 경매로 인해 치솟은 가격이었다. 지하 경매장에서 그 노예를 같은 가격에 되받아줄 이유는 어디에도 없었다.

"그럼 얼마까지 인정해 준단 말이냐?"

치미는 분을 억누르며 리후라드 후작이 관리인을 노려봤다.

"잠시만 기다려 주십시오."

관리인은 도망치듯 놈벨에게 돌아갔다. 그리고 리후라드 후작이 노예를 내놓으려 한다는 사실을 전했다.

"그럴 줄 알았지."

놈벨이 슬쩍 입가를 비틀어 올렸다. 바쉬를 제외하고 경매에 나온 모든 노예를 싹쓸이해 버렸으니 자금이 부족한 것도 당연해 보였다.

"어디 보자."

팔려 나간 노예들의 실질 몸값을 계산하는 척 굴면서 놈벨은 칼릭스 쪽을 바라봤다. 욕심 같아선 조금 더 경매 금액을 끌어올려 보고 싶었다.

'공자님의 수중에 얼마가 있는지는 모르겠지만 그래도 바쉬가 남아 있으니까…….'

8강에서 떨어지긴 했지만 바쉬의 현실적인 가치는 5만 골드 이상이었다. 최대 10만 골드까지는 받아줄 수 있었다.

"가서 23만 골드로 인정해 드리겠다고 전해라."

놈벨은 일부러 칼릭스가 내놓은 수표보다 3만 골드를 높게 책정했다. 이로써 결승 경매의 참여금은 리후라드 후작 쪽이 5만 골드 앞서게 됐다.

그 사실은 다시 관리인을 통해 칼릭스에게 전해졌다.

"저자가 감히!"

경매 소식을 전해 들은 레테어는 흥분을 감추지 못했다.

아무리 돈에 환장한 상인이라 해도 그렇지 겁도 없이 자신과 칼릭스에게 농간을 부리다니. 도저히 참을 수가 없었다.

하지만 정작 칼릭스는 피식 웃고 말았다. 이런 상황에서도 조금 더 이익을 내보려고 꼼수를 부리는 놈벨이 오히려 대단하게 느껴졌다.

"바쉬를 내놓겠어. 그리고 추가로 5만 골드까지. 이게 내 전 재산이야."

칼릭스가 전 재산을 내걸었다는 말에 힘을 주었다. 여력이 있다면 놈벨의 흥정에 장단을 맞춰 줬겠지만 애석하게도 이번이 마지막이었다.

"전 재산이라고 했다 이거지?"

놈벨은 가만히 고개를 끄덕였다. 그리고는 바쉬의 가격을 책정하기 전에 리후라드 후작에게 다시 관리인을 보냈다.

"어떻게 됐느냐?"

관리인이 오기가 무섭게 리후라드 후작이 입을 열었다.

"공자께서 추가로 5만 골드와 바쉬를 내놓으셨습니다."

"5만 골드?"

"네, 총관리인께서 그 사실을 알려드리라 말씀하셨습니다."

놈벨의 말을 전하면서 관리인은 리후라드 후작의 반응을 유심히 살폈다.

리후라드 후작이 여유를 부리는지, 아니면 당혹스러워하는지를 알아보라는 놈벨의 밀명 때문이었다.

만일 리후라드 후작이 대수롭지 않은 반응을 보인다면 놈벨은 자신의 재산을 털어서라도 칼릭스를 은밀히 도울 생각이었다. 그러나 정작 리후라드 후작은 한참 동안 말이 없었다.

현재 수중에 남아 있는 돈은 10만 골드. 가지고 있는 여분의 귀금속들까지 전부 현금으로 바꾼 탓에 더는 현금을 유통할 방법이 없었다.

"바쉬의 가치는 높게 잡아봐야 10만 골드 정도일 겁니다. 부족하신 금액은 지하 무투장에서 빌리셔도 됩니다."

리후라드 후작의 표정을 읽은 자일스가 경쟁을 부추겼다. 결승전을 앞두고 리후라드 후작이 이대로 무너지는 꼴은 보고 싶지 않았다.

그러자 코베룬이 다급히 리후라드 후작의 팔을 붙들었다.

"숙부님, 마르쿰의 금화를 두 개나 사셨습니다. 그걸 잊어버리시면 안 됩니다."

코베룬이 지하 경매장에서 사들인 마르쿰의 금화는 현금으로 결제한 게 아니었다.

10대 상단 중 하나이자 대륙의 지하 경제를 움직이는 다베스 상단의 공증을 받아 차용증을 쓰고 받아 온 것이었다.

코베룬의 품속에는 이미 60만 골드에 달하는 차용증이 들어 있었다. 여기서 무리해서 돈을 빌린다면 빚만 늘어갈 뿐이었다.

게다가 칼릭스도 돈을 빌리지 말라는 법이 없었다. 서로 돈을 빌리다 보면 결국 지하 무투장만 이득을 챙길 터였다.

그렇게 해서 경매에 승리해 봐야 남는 건 아무것도 없었다.

"총관리인에게 긴히 전할 말이 있다고 알려라."

리후라드 후작이 미간을 찌푸리며 말했다.

"알겠습니다."

관리인이 놈벨에게 리후라드 후작의 뜻을 전했다.

19장

마샤드 Part 4

1

"잠시 휴식 시간을 갖겠습니다."

놈벨이 리후라드 후작의 면담 요청을 받아들이면서 잠시
사전 경매가 중단됐다.

"뭐가 어떻게 돌아가는 거야?"

"난들 알아?"

참가자들은 하나같이 불만을 늘어놓았다.

지난 경매에서 방관자 신세를 면치 못하다가 결승전을 앞
두고 갑작스럽게 휴식이 선언됐으니 기분이 좋을 리 없었다.

놈벨은 이런 분위기를 협상의 전략으로 이용했다.

"그러니까 이쯤에서 추가 참여금은 금지했으면 한다는 말씀이십니까."

"그렇네. 솔직히 말해서 내가 내건 돈만 100만 골드에 달하는데 결승전에 올라 온 노예들이 그만한 가치가 있다고 할 수는 없지 않은가?"

리후라드 후작은 자신이 지나치게 감정적으로 경매에 참여했다는 사실은 인정했다. 그렇다고 해서 이대로 도망칠 생각은 추호도 없었다.

놈벨도 리후라드 후작이 손을 털고 나가는 건 원치 않았다.

"알겠습니다. 다른 분도 아니고 후작님께서 그렇게 말씀하시니 이쯤에서 참여금을 제한하도록 하겠습니다."

놈벨은 선선히 고개를 끄덕였다. 그러면서 슬쩍 리후라드 후작을 바라봤다. 리후라드 후작이 고작 참여금을 묶겠다고 자신을 부르지는 않았을 것 같다.

아니나 다를까.

"그리고 말일세."

길게 안도의 한숨을 내쉬던 리후라드 후작이 다시 말을 이어나갔다.

"예상과는 달리 경매가 지나치게 과열됐다는 생각이 드네. 만일 이 사실을 카일로 백작이 알게 된다면 어떻게 받아들일지 궁금하기도 하고 말일세."

리후라드 후작이 넌지시 카일로 백작을 들먹였다. 카일로 백작과 특별히 친분이 있는 건 아니었지만 단순히 언급만으로도 놈벨을 압박할 수 있을 것이라 여겼다.

'그렇게 나온다 이거지?'

놈벨은 장단을 맞추듯 냉큼 표정을 굳혔다. 그리고는 좌우로 눈을 굴리더니 리후라드 후작에게 깊숙이 허리를 굽혔다.

"경매로 인해 언짢으셨다면 죄송합니다. 후작님인 줄 알았다면 감히 그런 무례를 저지르지는 않았을 겁니다."

바짝 몸을 낮춘 놈벨을 바라보며 리후라드 후작은 만족스런 표정을 지었다. 특히나 자신의 자존심을 살려주는 듯한 그의 언변이 마음에 들었다.

놈벨은 리후라드 후작인 줄 알았다면 달랐을 것이라고 말했다. 그것은 리후라드 후작의 부탁이라면 얼마든지 들어줄 용의가 있다는 의미나 다름없었다.

리후라드 후작은 그 틈을 놓치지 않았다.

"어쨌든 이번 경매로 인해 내가 잃은 게 너무 많네. 아까도 말했지만 결승전에 올라온 노예들의 몸값으로 100만 골드는 말도 안 되는 소리 아닌가?"

"그, 그렇긴 합니다만……."

"자네라면 저들을 100만 골드에 사겠는가?"

"그게……."

"어렵겠지. 게다가 중요한 건 돈이 아닐세. 적잖은 사람들이 나를 알아봤을 텐데 내가 고작 분위기에 휩쓸려 쓸모도 없는 노예를 100만 골드나 주고 샀다고 떠들어보게. 그럼 내 체면이 뭐가 되겠는가?"

"그 점은 진심으로 죄송스럽게 생각하고 있습니다."

"그렇다고 이 문제를 카일로 백작에게 따지는 건 너무 치졸한 것 같고……."

"후, 후작님!"

"모두가 보는 앞에서 마르쿰의 금화를 내놓았는데 이제 와 그걸 다시 돌려달라고 말하기도 어려운 노릇이고……."

리후라드 후작이 미끼를 내던지듯 말끝을 흐렸다.

돈을 돌려받을 생각도 없고 카일로 백작에게 따져 묻고 싶지도 않지만 어떻게든 보상받아야겠다는 건 놈벨을 놀리는 것이나 다름없었다.

그러나 놈벨은 리후라드 후작이 자신을 조롱해봐야 득 될 게 하나 없다는 사실을 잘 알고 있었다. 지금 이 상황에서 리후라드 후작이 원하는 대답이 무엇인지도 말이다.

"따로…… 생각이 있으십니까?"

놈벨이 조심스럽게 입을 열었다. 그 말을 기다렸을까.

"이렇게 하면 어떻겠나?"

리후라드 후작이 씩 웃었다. 그러더니 10년 전 일을 언급하기 시작했다.

"그러니까 그때처럼 승자가 패자의 참여금을 갖는 식으로 최종 경매를 바꾸자는 말씀이시로군요."

놈벨이 어렵지 않게 상황을 정리했다. 그 당시 관리인으로 본선 무대를 지켜봤던 당사자이다 보니 10년 전 경매에 대해서는 누구보다 잘 알고 있었다.

"그렇게 되면 자네도 손해 볼 게 없을 테고 모두에게 좋은 일이 아니겠는가?"

리후라드 후작이 놈벨을 위하는 척 굴었다. 마치 이번 경매로 놈벨을 곤란에 빠뜨리고 싶지 않다는 듯이 말이다.

'생각 이상으로 영악하군.'

놈벨은 어색하게 입가를 들어 올렸다. 계획대로 리후라드 후작이 미끼를 물긴 했지만 자칫 방심했다간 나중에 곤란한 일이 벌어질 것 같았다.

"알겠습니다. 다른 공자님께 이 상황을 전해야겠지만 가급적이면 후작님이 말씀하신 것처럼 일이 진행되도록 노력해 보겠습니다."

놈벨은 일단 고개를 숙였다. 그렇게 리후라드 후작을 안심시킨 뒤에 슬며시 원하는 바를 제시했다.

"대신 후작님께서도 두 가지만 양해해 주셨으면 좋겠습니다."

"두 가지?"

"네, 첫 째는 이번 경매에 다른 분들의 참여를 허락해 주십사 하는 겁니다."

"참여라니? 그게 무슨 소리인가?"

"아시다시피 두 분께서 본선에 오른 모든 노예를 전부 구매하신 탓에 다른 참가자분들의 불만이 적지 않은 상황입니다. 여기서 두 분만을 위한 경매를 진행한다고 한다면 아마도 그 불만을 감당하기 어려워 질 것 같습니다."

"그래서? 설마 내 경매에 다른 이들의 돈을 끌어들이겠다는 말인가?"

"그렇다기보다는 별도로 제한 없는 도박을 진행하려 합니다. 다른 참가자분들도 두 분의 경매에 낄 수는 없을 테니 여흥 삼아 마샤드의 승자를 맞추는 게임을 하는 거지요."

놈벨이 원하는 바를 자세히 설명했다. 그러면서 10년 전에도 비슷한 전례가 있었음을 일러 주었다.

"내 경매만 방해받지 않는다면 상관없네."

리후라드 후작은 선뜻 고개를 끄덕였다. 놈벨의 말처럼 모두가 참여하는 경매를 독식하려면 그 정도쯤은 배려해 줘야 할 것 같았다.

"감사합니다, 후작님. 그리고 이번 일에 대한 모든 책임은 후작님과 공자님께서 지겠다는 약속을 해주셨으면 좋겠습니다."

"약속?"

"아시다시피 10년 전에 한 번 있었던 일을 가지고 벌이는 거라 불안한 게 사실입니다. 그러니 저도 살길은 마련해 놓아야 하지 않겠습니까."

놈벨이 비굴하게 웃으며 말했다. 당초 계획에는 없었던 거지만 리후라드 후작의 성격을 감안했을 때 약조문이라도 한 장 받아놓는 편이 나을 것 같았다.

"그러니까 나하고 그 공자에게 약속을 받아놓겠다 이건가?"

리후라드 후작이 슬쩍 입가를 비틀어 올렸다. 공개 도박을 통해 돈을 챙기면서도 문제가 생기면 꽁지를 빼겠다는 놈벨이 영악스럽게 느껴졌다.

하지만 리후라드 후작도 그 영악함이 싫지 않았다.

"좋네. 그렇게 하지."

"감사합니다, 후작님."

"대신 자네도 날 위해 해줄 게 있네."

"후작님을 위해…… 요?"

"그래, 기왕 일을 벌일 거 이번 경매에 자네가 공증을 서는 게 어떻겠는가?"

"제, 제가 말입니까?"

"어차피 어떤 일이 벌어지더라도 그 책임은 나와 그 공자가 질 텐데 무엇이 걱정인가? 그리고 지하 무투장의 총책임자로서 자네가 그 정도는 해줘야 하지 않겠나?"

"그렇긴 합니다만……."

한참을 고심하는 척 굴던 놈벨이 어쩔 수 없다며 고개를 끄덕여 보였다. 그러나 리후라드 후작의 말은 아직 끝난 게 아니었다.

"그리고 한 가지 더."

"마, 말씀하십시오."

"공중 문서를 만들 때 다음과 같은 내용을 꼭 집어넣어 주게나."

"어떤 내용을 말씀이십니까?"

"이번 경매의 승자가 오늘 경매를 통해 얻은 모든 걸 얻는다는 내용 말일세."

리후라드 후작의 눈동자를 타고 한가득 탐욕이 번져들었다.

그렇게 칼릭스의 모든 걸 빼앗기 위한 리후라드 후작의 마지막 도박이 시작됐다.

2

"그렇게 해."

칼릭스는 리후라드 후작의 요구 조건을 모두 받아들였다.

놈벨이 리후라드 후작이 말한 특별한 내용을 언급했지만 크게 신경 쓰지 않았다.

이 일을 벌인 건 이길 자신이 있기 때문이다. 당연히 지는 걸 신경 쓸 이유가 없었다.

게다가 어차피 승자가 모든 걸 다 갖게 된다.

리후라드 후작에게 지고 레테어가 준 50만 골드마저 잃게 된다면 레므나와 타르샤를 팔아서라도 그 손해를 만회해 줘야 했다.

오히려 칼릭스는 리후라드 후작이 공중 문서를 남겼다는 사실이 마음에 들었다.

'그게 누구의 발목을 잡을지는 지켜보면 알겠지.'

칼릭스는 놈벨이 내민 공중 문서에 자신의 인장을 힘껏 찍었다. 금빛 봉인 염료 위로 라인하르트 왕가를 상징하는 카오루가 선명하게 돋아났다.

그러나 정작 리후라드 후작은 그 인장을 알아보지 못했다. 라인하르트 왕국의 새로운 2왕자가 처음으로 사용한 인증이었기 때문이다.

"이게 어느 가문이더냐?"

리후라드 후작이 코베룬에게 칼릭스의 인장을 보여 주었다.

"글쎄요. 라인하르트 왕국인 것 같긴 한데 이런 문양은 저도 처음 봅니다."

한참 동안 인장을 살피던 코베룬이 고개를 갸웃거렸다.

굳어진 봉인 염료에 새겨진 건 카오루가 분명해 보였다. 하지만 카오루 특유의 성스러움이 없었다. 그보다는 어딘지 모르게 왜소하고 병든 것처럼 느껴졌다.

카오루를 사용할 수 있는 건 공식적으로 라인하르트 왕실뿐이다. 하지만 이게 카오루가 아니라 카오루를 모방한 무언가일 가능성도 배제할 수 없었다.

"제 생각으론 라인하르트 왕실 쪽은 아닌 거 같습니다."

코베룬이 이내 고개를 흔들어댔다.

라인하르트 왕국에서 귀공을 보냈다는 소문을 듣긴 했지만 그 귀공이 한가롭게 지하 무투장에서 백만 골드나 되는 거금을 뿌리고 있다고는 결코 생각되지 않았다.

"설사 그렇다 한들 내가 겁먹을 게 뭐가 있겠느냐?"

리후라드 후작이 뒤늦게 호기를 부렸다. 그리고는 보란 듯이 자신의 인장을 금빛 봉인 염료 위에 찍어 눌렀다.

"그럼 두 분 모두 동의한 것으로 알고 특별 경매를 진행하도록 하겠습니다."

칼릭스와 리후라드 후작의 인장을 받아 낸 놈벨은 모두의 앞에서 특별 경매의 시작을 일렀다.

"뭐야?"

"그러니까 우리보고 구경이나 하란 말이야?"

예상처럼 관중석은 빠르게 술렁거렸다. 일부 성난 귀족들은 먹다 남은 음식을 놈벨에게 내던지기까지 했다.

그러나 놈벨이 침착하게 공개 참여 도박을 제안하자 관중들의 표정이 달라졌다.

"그러니까 누가 우승할지를 맞추라 이거지?"

"맞추기만 하면 지하 무투장에서 배당금을 주겠다잖아?"

공개 참여 도박의 배당금은 최대 2배에 불과했지만 관중들의 반응은 폭발적이었다.

놈벨이 참여금 제한을 1만 골드에서 3만 골드까지 올리고 도박세까지 감내하겠다고 했으니 구미가 당길 수밖에 없었다.

물론 불법 도박사들을 통해 도박에 참여한다면 그보다 더 큰 돈을 벌수도 있었다.

하지만 불법 도박사들이 그 돈을 선선히 내주는 경우는 별로 없었다. 자신들에게 손해가 발생할 경우 모든 참여금을 들고 도망치는 경우도 심심치 않게 벌어졌다.

반면 놈벨이 제한한 도박은 돈을 떼일 염려가 없었다. 거기다 최소 배당금까지 정해져 있었다.

지하 무투장의 모든 참가자들이 한 명에게 돈을 건다 하더라도 그 절반에 달하는 배상금을 지하 무투장에서 책임지겠다고 약속했다.

3만 골드만 투자해도 최소 1만 5천 골드의 이득을 챙길 수 있다. 운이 좋으면 앉아서 6만 골드를 챙겨 돌아갈 수도 있었다.

어차피 다들 결승 경매에는 낄 여력은 없는 상태였다. 그렇다면 이렇게라도 뭔가를 얻어가는 편이 나을 것 같았다.

"참여하겠소!"

"나도 참여하겠소!"

참가자들은 앞다투어 손을 들었다. 그들 대부분이 상한선인 3만 골드를 내걸었다.

그렇게 거둬들인 금액만 총 400만 골드.

"노, 놈벨님! 정말 괜찮으시겠습니까?"

제롭이 불안한 얼굴로 물었다. 만에 하나라도 400만 골드가 한쪽으로 몰려 버린다면 지하 무투장은 앉아서 600만 골드의 손해를 입을 수밖에 없었다.

"이거 긴장되는데?"

놈벨도 흥분을 감추지 못했다. 칼릭스를 믿고 일을 벌이긴 했지만 400만 골드라니. 솔직히 불안함이 떨쳐지지 않았다.

"후우……."

애써 마음을 다잡으며 놈벨이 칼릭스 쪽으로 눈을 돌렸다.

어쩌면 자신만큼이나 칼릭스도 긴장하고 있을 것이라 여겼다.

그러나 정작 가면을 쓴 칼릭스는 웃고 있었다. 마치 마지막 축제를 즐기기라도 하는 듯이 말이다.

그리고 그 모습이 놈벨의 머릿속에 아련하게 남아 있던 누군가를 상기시켰다.

레이노크 대공.

10년 전, 그도 분명 저렇게 웃고 있었다.

'아니겠지.'

놈벨은 다급히 고개를 흔들었다. 어린 나이 치고 칼릭스가 범상치 않은 건 사실이었지만 그래도 제국 북방의 지배자로 군림하고 있는 레이노크 대공과 비교한다는 건 말이 되지 않았다.

"후우······."

다시금 길게 숨을 내쉬며 놈벨은 평정심을 되찾았다. 그리고 태연해진 얼굴로 본선 무대에 올랐다.

"자, 그럼 특별 경매를 시작하기에 앞서 노예를 선택하는 순서를 정하도록 하겠습니다."

놈벨은 품속에서 대금화 하나를 꺼내어 모두가 볼 수 있도록 높게 튕겨 올렸다.

톡. 도르르르륵.

바닥에 떨어져 한참을 굴러가던 대금화가 제국의 상징인 바르타를 보이며 넘어졌다.

"뒷면이 나왔기 때문에 우선권은 저쪽에 앉아계신 분께 드리도록 하겠습니다."

계획대로 놈벨은 리후라드 후작에게 우선권을 주었다. 만에 하나라도 리후라드 후작이 파투를 선택하면 모든 일이 꼬여버릴 테지만 칼릭스는 눈 하나 까딱하지 않았다.

"그렇다면 난 저 녀석으로 하지."

리후라드 후작의 손가락이 바쉬를 지나 자르크라는 가명을 쓰고 있는 다크 엘프에게 향했다.

자일스를 통해 자르크의 본명이 자질리온이며 그가 어둠의 암살자라 불린다는 사실까지 알게 된 만큼 다른 선택을 할 이유가 없었다.

"자르크를 선택하셨습니다. 따라서 공자께서는 파투를 선택하실 수밖에 없습니다. 괜찮으십니까?"

놈벨이 확인하듯 칼릭스를 바라봤다.

"쳇."

칼릭스는 불만스럽다는 반응을 보였다. 하지만 그뿐. 파투가 싫다거나 자르크를 원한다는 말은 한마디도 내뱉지 않았다.

"그럼 잠시 후에 결승 경기를 시작하도록 하겠습니다."

본선 무대에서 내려온 놈벨은 칼릭스를 찾아갔다. 리후라드 후작이 보고 있지만 크게 신경 쓰지 않았다.

승기를 잡았다고 자신하는 리후라드 후작의 눈에는 칼릭스를 달래는 것쯤으로 보일 것이다.

게다가 백만 골드가 오가는 특별 경매에서 이 정도 응대는 당연한 것이었다.

"괜찮으시겠습니까?"

놈벨의 목소리가 잦게 떨렸다. 애써 침착하려 했지만 그의 얼굴은 벌써부터 벌겋게 달아올라 있었다.

"내 걱정은 말고 나중에 리후라드 후작에게 시달릴 각오나 해 두라고."

칼릭스가 담담한 목소리로 말했다. 다소 일이 커지긴 했지만 바쉬와 파투를 손에 넣기 위해 벌인 도박이다. 파투가 코앞에 있는데 이대로 물러설 생각은 없었다.

"그런데 파투가 정말 자르크를 이길 수 있겠습니까?"

피식 웃으면서도 놈벨은 불안함을 감추지 못했다.

만에 하나라도 파투가 자질리온에게 진다면 칼릭스는 둘째 치고 자신도 무사치는 못할 것이다.

총관리인의 자리에서 쫓겨나기만 한다면 다행이지만 최악의 경우 파시단의 감옥에서 평생을 썩게 될 수도 있었다.

그러자 칼릭스가 걱정할 것 없다는 듯 중얼거렸다.

"파투에게 가서 아까 내가 한 말을 전해. 그럼 기필코 이길 테니까."

"알겠습니다."

경기장으로 내려온 놈벨은 먼저 자질리온의 몸을 살폈다. 본래 경기 전 선수들이 불법적인 무기나 흉기를 소지했는지 확인하는 건 관리인의 몫이었지만 특별 경매라는 이유로 놈벨이 직접 나섰다.

"주인은 마음에 드나?"

자질리온의 사타구니 쪽에 손을 뻗으며 놈벨이 흘리듯 물었다. 그러자 자질리온이 보란 듯이 코웃음을 쳤다.

"저딴 인간이 내 주인이 될 수 있다고 보는 거요?"

"저딴 인간이라니. 말조심해라. 하반 왕국의 후작이시다."

"후작이든 공작이든 간에 저런 인간의 노예가 되느니 차라리 지고 말겠소."

생각지도 못했던 자질리온의 반응에 놈벨이 당혹스럽다는 표정을 지어 보였다.

결승까지 올라와 놓고 지겠다는 건 자유를 포기하겠다는 말과 별반 달리 느껴지지 않았다.

하지만 자질리온이 리후라드 후작을 탐탁지 않게 여기는 이유는 따로 있었다.

"그보다는 저자가 더 마음에 드는데 말이오."

자질리온의 시선이 놈벨을 지나 칼릭스에게 향했다. 정확하게는 가면 너머로 보이는 칼릭스의 고동색 눈동자를 똑바로 바라봤다.

미약하긴 했지만 칼릭스의 눈동자 너머로 보이는 건 뜨거운 열망이었다.

그것이 무엇을 위한 열망인지는 몰라도 욕망으로만 가득 차 있는 리후라드 후작보다는 훨씬 나아 보였다.

그러나 애석하게도 자질리온은 자신과 칼릭스가 악연으로 얽혀 있다는 사실을 알지 못했다.

"그렇다고 경기를 대충할 생각은 말도록. 그러다 후작의 노여움을 사게 될 수도 있을 테니까 말이야."

자질리온의 몸에서 손을 떼며 놈벨이 단단히 경고를 했다. 리후라드 후작의 성격 상 자질리온이 최선을 다했다 해도 그의 패배를 용납하지 않을 게 뻔했다.

하물며 일부러 패했다는 게 들통 나기라도 한다면 목숨을 부지하기 어려울 터였다.

"흥."

자질리온은 대답 대신 싸늘히 코웃음을 흘렸다. 고작 인간들의 놀이에 자신의 목숨이 오간다는 사실이 마음에 들지 않는다는 얼굴로 말이다.

자질리온의 어깨를 두 번 두드린 뒤에 놈벨은 파투에게 다가갔다.

파투는 자신은 떳떳하다는 걸 증명하기라도 하듯 놈벨이 오기도 전에 두 팔을 벌렸다.

그러나 놈벨은 고작 파투의 몸을 검사하기 위해 이토록 번거로운 짓을 자처한 게 아니었다.

"저자는 자질리온일세. 방심하지 말게."

놈벨이 파투의 상체를 더듬으며 말했다. 파투가 대륙어를 거의 못한다는 사실을 모르지는 않지만 그래도 이름 정도는 알려줘야 할 것 같았다.

하지만 정작 파투는 시큰둥한 표정이었다. 함께 생활해 온 재활용 노예들을 통해 자질리온에 대해 듣긴 했지만 크게 신경 쓰이는 상대는 아니라는 반응이었다.

'그 주인에 그 노예로군.'

놈벨은 파투가 왠지 칼릭스를 닮았다는 생각이 들었다. 그래서일까. 왠지 모르게 파투에 대한 믿음이 생겼다.

"참, 네 주인이 이 말을 전해 달라더군."

놈벨이 웃으며 칼릭스의 말을 전했다. 그 순간,

"크으으!"

파투의 눈빛이 사나워지더니 커지더니 맹수처럼 울부짖기 시작했다.

"뭐, 뭐야?"

놈벨이 깜짝 놀라 뒷걸음질을 쳤다. 만일 제때 관리 노예들이 달려와 주지 않았다면 파투는 그대로 자신을 덮쳤을지 몰랐다.

'대, 대체 무슨 말을 전하라 한 겁니까?'

씩씩거리는 파투에게서 도망치듯 걸음을 옮기며 놈벨은 놀란 가슴을 쓸어내렸다.

그리고는 서운한 눈으로 칼릭스를 바라봤다. 파투가 저렇게 과격해진 것으로 보아 필시 좋지 않은 의미의 말일 게 뻔했다.

그러나 칼릭스는 놈벨의 시선을 슬쩍 외면해 버렸다.

결승전에 앞서 파투를 긴장시킬 필요가 있었고 그 일을 놈벨이 대신해 주었으니 그걸로 충분하다는 듯이 말이다.

한편 파투는 좀처럼 분을 가라앉히지 못했다. 놈벨의 어눌한 비스타어가 머릿속을 떠나지 않은 탓이었다.

"상대를 죽이지 못하면 네 누이가 죽을 것이다."

타르샤를 목숨만큼 소중히 여기는 파투에게 이보다 더한 협박은 없었다.

그 의미도 모르고 놈벨이 히죽거리는 얼굴로 말을 했으니 파투가 광분하는 것도 무리는 아니었다.

하지만 덕분에 파투는 자신이 해야 할 일이 무엇인지 똑똑히 알게 되었다.

칼릭스가 원하는 건 단순한 결승전의 승리가 아니었다. 자질리온을 죽여 자신이 마샤드의 우승자가 될 자격이 충분하다는 걸 입증해 보이라는 것이었다.

"후우……."

폐가 쭈그러들 때까지 길게 숨을 내쉬며 파투는 힘겹게 분을 삭였다. 그리고는 매섭게 눈을 번뜩였다. 자연스럽게 그의 온몸을 타고 억눌렸던 야수성이 폭발하듯 퍼져 나왔다.

"저 자식이!"

파투의 기세를 읽은 자질리온의 표정이 딱딱하게 굳어졌다.

솔직히 인간들을 위한 유희 따위에 최선을 다하고 싶진 않았지만 생각이 달라졌다.

마치 자신을 죽이겠다는 듯 저렇게 살기를 뿜어대는데 외면하는 건 다크 엘프가 아니었다.

"죽고 싶은 게 소원이라면 들어주마."

자질리온이 사납게 송곳니를 들어 올렸다. 그와 동시에 그의 손톱 끝이 예리하게 번뜩였다.

조금 전까지만 해도 뭉툭하기만 했던 손톱이 흡사 투명한 날이 솟아난 듯 날카로워진 것이다.

"저, 저건……!"

그제야 자질리온의 흉기가 손톱이라는 사실을 알아챈 놈벨은 다급히 경기를 중단시키려 했다.

하지만 파투는 물론이고 자질리온마저 지나치게 흥분했다고 여긴 관리인은 다급히 오른손을 들어 올려 버렸다. 그렇게 마샤드의 결승이 시작됐다.

"크아아!"

지금껏 소극적인 경기만 보여 왔던 파투가 악을 내지르며 몸을 날렸다. 이에 질세라 자질리온도 바짝 몸을 낮추며 파투의 빈틈을 파고들 준비를 했다.

"뭐, 뭐야?"

"저 녀석들 왜 저래?"

조용하던 관중석이 순식간에 달아올랐다. 김빠진 결승전이 될 거라 여겼는데 시작부터 이토록 뜨거워질 줄은 미처 예상치 못한 것이다.

그러나 파투와 자질리온의 싸움은 눈에 보이는 것 이상으로 치열했다.

아니, 치열하다 못해 살벌했다. 대다수 관중의 눈이 따라가지 못할 만큼 빠른 공수를 주고받으며 이종족으로서의 특별함을 마음껏 뽐냈다.

"크아앗!"

어둠의 암살자라는 별명처럼 자질리온의 움직임은 날카로움, 그 자체였다.

긴 다리와 팔을 이용해 간격의 싸움에서는 완벽한 우세를 점했다.

손가락 한 마디 차이로 다가가 상처를 입히고 다시 손가락 한 마디 차이로 거리를 벌려 파투의 공격을 무마시키는 기술은 어지간한 다크 엘프 암살자들은 흉내조차 내지 못하는 것이었다.

그에 비해 파투의 움직임은 다소 둔탁했다.

야수족 역시 엘프들만큼이나 날래긴 했지만 그건 어디까지나 공간의 제약이 없을 때의 이야기였다.

마샤드 본선 무대처럼 사방이 철조망으로 둘러싸인 공간 안에서 자유자재로 몸을 비틀고 움직이는 건 유연한 엘프를 따라갈 수가 없었다.

경험 많은 자질리온은 그런 파투의 약점을 철저하고 집요하게 파고들었다.

그러나 파투는 눈 하나 까딱하지 않았다. 자질리온의 손톱이 생살을 찢고 갈라놓았지만 신경 쓰지 않았다.

그 정도 고통쯤은 일족의 대전사로 키워지면서 익숙해진 지 오래였다.

그보다는 자질리온이 방심하길 바랐다. 섣불리 승리를 자신하고 지금의 싸움 방식에 익숙해지길 기다렸다.

그런 줄도 모르고 자질리온은 어느 순간 파투가 자신의 상대가 되지 않는다고 생각해 버렸다.

'애송이로군.'

자질리온의 입가를 타고 비웃음이 번졌다. 그 순간,

쿠우웅!

순식간에 허공을 가른 파투의 주먹이 그대로 자질리온의 심장 위를 후려쳤다.

"⋯⋯!"

자질리온이 눈을 부릅뜬 채 뒷걸음질을 쳤다. 생각지도 못한 결과에 고통보다 경악이 앞선 것이다.

파투가 주먹을 내지를 거란 걸 알아채기가 무섭게 자질리온은 냉큼 손가락 한 마디 밖으로 몸을 빼냈다.

그 간격 안에서 파투의 주먹은 결코 자신에게 닿을 수가 없었다.

하지만 정작 파투의 주먹은 정확하게 자신의 가슴을 후려쳤다. 그 여파가 고스란히 심장 안까지 밀려들었다.

"쿨럭."

균형을 잡지 못하고 한참을 비틀거리던 자질리온이 왈칵 핏물을 뱉어냈다. 시커멓게 죽은피가 그의 턱 끝을 타고 뚝뚝 떨어져 내렸다.

"제길……."

그제야 자신이 파투에게 속았다는 사실을 안 자질리온이 이를 악물었다. 그러나 이제 와 자책하기에는 너무 늦어버렸다.

"쿨럭!"

자질리온이 다시금 시커먼 핏물을 뱉어냈다. 그리고는 균형을 잃고 그대로 바닥 위로 고꾸라져 버렸다.

"말도 안 돼!"

그 모습을 지켜보고 있던 리후라드 후작의 입에서 경악성이 터져 나왔다.

그것은 다른 참가자들도 마찬가지였다. 다들 넋이 나가 있을 뿐 그 누구도 파투의 승리에 환호하거나 박수를 치지 못했다.

"크흐!"

뒤늦게 참가자들의 도박 결과를 확인한 놈벨은 주먹을 움켜쥐었다.

놀랍게도 참가자 전원이 자질리온에게 돈을 걸었다. 모두가 파투가 패배할 것이라 예상한 것이다.

덕분에 그들이 내건 400만 골드의 거금은 고스란히 지하 무투장의 차지가 되고 말았다.

'이거 이러고 있을 때가 아니지.'

놈벨은 다급히 대기 중인 관리인에게 신호를 보냈다. 그러자 잠시 후 한 관리 노예들이 경기장 안으로 우르르 쏟아져 나왔다.

지하 무투장에서 관리 노예들을 총동원하는 이유는 간단했다.

경기장 폐쇄.

참가자들이 소란을 피우기 전에 마샤드를 끝내겠다는 것이다.

"이건 무효야!"

"저 녀석이 무슨 짓을 한 거라고!"

참가자들은 한목소리로 경기가 조작됐다고 소리쳤다. 모두가 한통속이다 보니 누구도 결과를 받아들이려 하지 않았다.

특히나 리후라드 후작의 반응은 격렬했다.

"가서 공중 문서를 빼앗아 와라! 어서!"

리후라드 후작이 다급히 놈벨을 가리키며 말했다.

경기 결과에 승복하고 백만 골드를 날리느니 하반 왕국의 고위 귀족으로서의 자존심을 내버리기로 마음먹은 것이다.

다른 때 같았으면 격렬히 만류했을 코베룬도 입을 꾹 다물었다. 이 상황에서 최선은 수단방법을 가리지 않고 어떻게든 피해를 최소로 줄이는 것뿐이었다.

"노, 놈벨님! 어서 몸을 피하십시오!"

리후라드 후작 쪽의 움직임을 눈치챈 관리인 하나가 다급히 소리쳤다.

저만치 리후라드 후작가의 기사들이 성난 얼굴로 무투 노예들을 매섭게 밀어붙이고 있었다.

"젠장할!"

400만 골드라는 거금에 들떠 있던 놈벨의 얼굴이 하얗게 질려 버렸다.

이대로 리후라드 후작가의 기사들에게 붙잡힌다면? 그다음에 무슨 일이 벌어질 지는 상상조차 하고 싶지 않았다.

'이 멍청한 놈은 대체 뭘 하는 거야?'

놈벨은 조급한 얼굴로 뒤를 바라봤다.

제롭에게 결승전이 끝나면 로자르타 전사들을 전부 끌고 오라고 신신당부를 했으니 지금쯤이면 나타나야 옳았다.

하지만 로자르타 전사들은커녕 그들의 발소리조차 들리지 않고 있었다.

그렇다고 무작정 도망을 치기도 어려웠다. 그러다 제롭과 길이 엇갈리기라도 한다면 사태는 더욱 악화될 수 있었다.

그렇게 어쩔 줄을 몰라 하는 놈벨의 귓가로 굵직한 구원의 목소리가 들려왔다.

"놈벨! 여기요!"

놈벨은 자신도 모르게 고개를 돌렸다. 놀랍게도 낯이 익은 거구의 기사가 저만치 검을 뽑아 들며 서 있었다.

만일 다른 기사가 저토록 호기를 부렸다면 놈벨은 욕지거리를 내뱉었을 것이다. 자신을 잡으려고 달려오는 리후라드 후작가의 기사만 해도 여덟 명에 달했다.

거기다 병사들까지 더하면 족히 서른은 되어 보였다. 그들을 홀로 상대한다는 건 현실적으로 불가능한 일이었다.

그러나 상대가 로자르타 전사들을 홀로 박살 낸 바인트라면 이야기가 달라진다.

"나, 나 좀 살려 주시오!"

놈벨이 다급히 바인트의 등 뒤로 숨어들었다. 혹시 누군가 그 모습을 봤다면 두고두고 놀려댔겠지만 지금은 체면을 차릴 때가 아니었다.

"걱정 말고 거기서 눈 꼭 감고 계시오."

바인트가 가슴을 두드리며 앞으로 내달렸다. 그리고는 놈벨을 노리는 리후라드 후작가의 기사들과 병사들을 순식간에 휩쓸어 버렸다.

"저, 저놈이!"

아끼던 기사들이 힘 한번 쓰지 못하고 무너지자 리후라드 후작은 그대로 폭발해 버렸다.

그는 씩씩거리며 경기장 밑으로 내려가서는 건방진 얼굴

로 서 있는 바인트를 향해 힘껏 손을 휘둘렀다.

짜악.

요란한 소리와 함께 바인트의 얼굴에 시뻘건 손도장이 찍혔다. 그러자 이번에는 레테어의 입에서 뾰족한 비명이 터져 나왔다.

"감힛! 지금 내 기사한테 뭘 하는 거예요!"

흥분한 레테어가 관중석 난간까지 내려와 삿대질을 했다. 만일 사울이 붙잡지 않았다면 그대로 경기장으로 뛰어 내릴 기세였다.

그러나 리후라드 후작은 눈 하나 까딱하지 않았다. 오히려 가소롭다는 듯 코웃음을 쳤다.

리후라드 후작은 레테어가 대단치 않은 가문의 철없는 영애일 것이라 확신했다.

조금 전 바인트가 보여 준 실력으로 봐서는 수준급 기사임에 틀림없었다.

그 정도로 뛰어난 기사를 철없는 영애가 일개 호위 기사로 데리고 다니는 것부터 허영기에 절어 있다는 의미나 마찬가지였다.

하지만 리후라드 후작은 알지 못했다.

바인트가 레테어의 호위 기사가 된 건 스스로가 원해서라는 것을. 그리고 바인트가 아니더라도 하이델베르크 공작가에는 실력이 뛰어난 기사가 상당하다는 것을.

무엇보다 하이델베르크 공작가의 기사라는 자부심이 하늘을 찌르는 바인트가 선선히 뺨을 내준 건 리후라드 후작이 두려워서가 아니라는 사실을 말이다.

'내가 시키는 대로만 하면 그대의 주인이 그대에게 평생 잔소리를 하지 못 하도록 만들어 주지.'

바인트는 칼릭스의 황당한 말을 헛소리라 여겼다. 게다가 잔소리를 하지 않는 레테어는 솔직히 상상조차 되지 않았다.

그럼에도 바인트가 칼릭스의 뜻에 따른 건 지난번에 무례를 저질렀기 때문이다.

그때 진 빚을 바인트는 이번 기회에 갚으려 했다. 그래서 레테어의 허락도 받지 않고 놈벨을 구하고 리후라드 후작에게 굴욕을 자처했다.

덕분에 상황은 리후라드 후작이 겁도 없이 하이델베르크 공작가에게 무례를 범한 꼴로 변해 버렸다.

게다가 뒤늦게 제롭이 로자르타 전사들을 끌고 오면서 리후라드 후작도 더는 행패를 부릴 수가 없게 됐다.

"오늘 있었던 일을 후회하게 될 것이다!"

리후라드 후작이 악다구니를 쓰며 물러났다. 고작 서른 남짓의 병력으로는 백여 명에 달하는 로자르타 전사들을 당해 내기가 쉽지 않아 보였다.

리후라드 후작이 사라지자 강하게 반발하던 참가자들도 하나 둘씩 지하 무투장을 빠져나갔다.

백만 골드를 잃은 리후라드 후작마저 발을 빼버렸는데 지하 무투장에서 자신들의 불만을 들어줄 리가 없었다.

"후우……."

관중석이 텅 빌 때까지 바인트의 등 뒤에 숨어 있던 놈벨이 비로소 안도의 한숨이 흘러나왔다.

긴장이 풀린 듯 그는 제대로 서지 못하고 경기장 바닥에 털썩 주저앉고 말았다.

하지만 그것도 잠시. 400만 골드의 수익금이 떠오른 듯 놈벨이 실실 웃기 시작했다.

지하 무투장의 총관리인이 되면서 놈벨은 한 가지 약속받은 게 있었다.

결승전 경매의 수익금이 100만 골드를 넘어설 시에 초과 이익금의 절반을 포상금으로 받을 수 있다는 것이다.

물론 그 당시에는 그저 헛웃음을 흘렸다.

바쉬처럼 괜찮은 무투 노예를 3연속 우승시켜도 30만 골드 이상 몸값을 올리기 버거운 상황이었다.

그런데 100만 골드라니. 그건 있으나 마나 한 특별 조항이나 마찬가지였다.

그런데 칼릭스 덕분에 결승전 경매 수익금이 100만 골드를 훌쩍 넘어서 버렸다.

결승전 노예 판매 대금에 도박 참여금을 더한 초과 수익금은 무려 400만 골드에 달했다.

그중 절반인 200만 골드를 가질 수 있다는 생각만으로도 놈벨은 몸이 녹아내리는 기분이었다.

그때였다.

"잠깐 나 좀 볼까."

어느새 다가 온 칼릭스가 놈벨을 내려다보며 말했다.

그러자 놈벨이 냉큼 몸을 일으키더니 칼릭스에게 깊숙이 허리를 굽혔다. 그리고는 간이라도 빼 줄 것처럼 굽실거렸다.

"더 필요하신 거라도 있으십니까?"

"당연히. 아직 우리 사이에 계산이 남아 있는 거 같은데."

"계산이요? 아! 리후라드 후작 쪽의 참여금을 말씀하시는 거라면 걱정하지 마십시오. 제가 곧 준비해 드리겠습니다."

놈벨은 칼릭스가 리후라드 후작이 내건 백만 골드만 받으면 충분히 만족할 것이라 여겼다. 그러나 칼릭스가 말하는 계산은 그런 게 아니었다.

"그건 그거고. 내 덕에 큰돈을 벌었는데 설마 그걸 혼자 다 차지하겠다는 소리는 아니겠지?"

레테어가 듣지 못하도록 칼릭스가 나직이 중얼거렸다. 그 것이 놈벨에게는 더욱 위협적으로 느껴졌다.

"그, 그럼요. 저도 염치라는 게 있는 놈입니다. 암요. 하하. 그럼 안으로 들어가실까요?"

놈벨이 어색하게 웃으며 칼릭스를 자신의 집무실로 데리고 갔다. 그렇게 하면 칼릭스가 적당히 욕심을 부려 줄 것이라 여겼다.

그러나 칼릭스는 인정사정없이 놈벨의 포상금을 거침없이 뜯어갔다.

리후라드 후작이 구매한 노예들을 되판 대가로 50만 골드.

리후라드 후작으로부터 구해준 대가로 다시 50만 골드.

큰 돈을 벌 수 있도록 협조해 준 대가로 다시 50만 골드.

리후라드 후작이 말도 안 된다며 악을 써 가며 버텼지만 칼릭스는 눈 하나 까딱하지 않았다.

여차하면 모든 사실을 리후라드 후작에게 알려 버리겠다는 말로 150만 골드를 챙겨갔다.

"지독하십니다."

놈벨이 질렸다는 듯 고개를 흔들어댔다. 칼릭스 또한 돈 한 푼 들이지 않고 바쉬와 파투를 챙겼다. 그 가치만 놓고 보자면 족히 30만 골드는 번 셈이었다.

하지만 칼릭스도 무작정 돈에 욕심을 부리는 건 아니었다.

"너무 억울해하지 마. 대신 리후라드 후작이 놈벨을 신경 쓰지 못하게 해줄 테니까."

칼릭스가 씩 웃으며 말했다.

"뭐 그러시다면야……."

잔뜩 울상을 짓고 있던 놈벨이 그제야 표정을 풀었다. 남들에게는 치기 어린 소년의 허풍 같은 칼릭스의 약속이 그에게는 그 어떤 말보다 믿음직스럽게 들렸다.

"그런데 에바님께는 어찌 보답을 해야 할지……."

놈벨이 넌지시 운을 뗐다. 200만 골드의 포상금 중 남은 건 50만 골드뿐이었다.

여기서 레테어의 몫까지 떼어 낸다면 정말 울고 싶어질 것 같았다.

그러자 칼릭스가 걱정할 것 없다는 투로 말했다.

"에바는 걱정하지 마. 그걸 주면 될 테니까."

"그거…… 라니요?"

"그거. 놈벨이 목숨처럼 보관하려는 그 공증 증서 말이야. 그걸 에바한테 줘. 그러면 에바가 모든 걸 알아서 해줄 테니까."

"……?"

놈벨은 이해할 수 없다는 듯 눈을 깜빡였다.

공증 증서가 의미가 있는 건 칼릭스와 리후라드 후작, 그리고 공증인인 자신뿐이다.

이것이 제3자인 에바에게 어떤 도움이 된다는 것인지 좀처럼 이해하기 어려웠다.

하지만 놈벨은 알지 못했다.

자신이 내놓은 공증 증서가 추후 어떤 결과를 몰고 올지를 말이다.

『태왕기 현왕전』 3권에 계속…

이민섭 新무협 판타지 소설

죽지 못하는 자는 살지 못하는 것과 같다.
그래서 그는 스스로를 무생(無生)이라 부른다.

은퇴한 기인들의 마을, 득도촌
그곳에서 가장 기이한 자는…
은거기인들마저 놀라게 하는 한 명의 청년

"오 무엇도 궁금해하지 말 것!"

부엌칼로 태산을 가르고,
곡괭이질로 산을 뚫는 자, 무생!

흘러 들어온 **남궁가의 인연**으로,
죽지 못해서 살아온 그가
이제 죽기 위해 무림으로 나선다.

**살지 못한 자가 비로소 살게 되었을 때
천하가 오롯이 그의 것이 되리라!**

Book Publishing CHUNGEORAM
유행이 아닌 자유추구 -
WWW.chungeoram.com

FUSION FANTASTIC STORY
천성민 장편 소설

짐승의 규칙

『무결도왕』『다크로드 블리츠』
천성민 작가의 신간!

짐승의 규칙

살아야만 했다.
나를 위해 희생당한 부모님을 위해.
복수를 위해.

죽여야만 했다.
내가 살기 위해 타인의 목숨을.

그렇게……
나는 짐승이 되었다.

Book Publishing CHUNGEORAM

유행이 아닌 자유추구 -
WWW. chungeoram.com